授かり婚ですが、旦那様に甘やかされてます

★

ルネッタⓁブックス

CONTENTS

プロローグ

十何年かぶりに会った亜衣は、中学生の頃と少しも変わっていなかった。

お人よしなところも、慌てるとおっちょこちょいなところも。気が弱いわけではないのに、彼女は人からなにかを頼まれると断れない子だった。

今でもそこは変わっていないらしく、尊仁が強引に部屋へと誘うと、渋々ながら着いてきた。

眼鏡の奥にあるアーモンド型のぱっちりとした目、肩の下まで伸びたストレートの黒髪はそのままに、あの頃よりずっと綺麗になっていた。けれど、会った時の彼女は少し落ち込んでいる様子でもあり、心配で放っておけなかったのだ。

何年も恋い焦がれて、尊仁が会いたくて、会いたくて堪らなかった相手。その女性が今、目の前にいる。今夜の幸運に感謝したい。そして絶対に、手放したくはなかった。

「好きだったから、お前のこと。今日、久しぶりに会えて嬉しかった」

こんな風に誰かに想いを告げるのは初めてだ。もしも会えたらと頭の中で何百回シミュレーションしていても、本番ではなんの役にも立たないのだと知る。顔は熱を持ったように熱いし、適温に温められた室内にもかかわらず全身から汗が噴(ふ)き出てくる。

「え……？」

尊仁が居住まいを正し告げた言葉に、向かい側に座った亜衣は目に見えて驚いた様子だ。それはそうだろう。中学の頃、話したのはたった数回。なぜ、と亜衣が思うのもおかしくはない。むしろ十何年も初恋を引きずっている自分の方がおかしい。

「信じてないだろ」

「だって……話したこと、そんなになかったし……」

亜衣は尊仁が思っていた通りのセリフで応えた。

「俺が、挨拶(あいさつ)してたのはお前だけだよ」

「そう、だった？」

亜衣はあの頃を思い出しているのか斜め上に視線をやる。その仕草(しぐさ)が可愛(かわい)らしくて、抱きしめたい衝動に駆られるのをなんとか抑え込む。

好きな女を前にした時の自分が、いかに堪え性がないのか身をもって知る。今まで、誰を前にしてもこんな感情に囚(とら)われたことは一度もなかったのに。

同時に安堵もしていた。亜衣を好きになって十年以上が経ち、ほかの誰も好きになれないから初恋にしがみついているだけなのか、それとも本気で、亜衣を求めているのか自分でも曖昧(あいまい)になってきていたから。

尊仁の勘違いでなければ、亜衣は動揺しながらも喜んでいるように見えた。

部屋に誘った時は、好きだと告白して恋人になれたら、それでいいと思っていた。だが、彼女に会えた喜びからか欲求はさらに募る。

もしかして亜衣も、自分を好きでいてくれるのではないか、そんな期待が頭をもたげ始めると、今度はもっと近づきたくなる。端的に言ってしまえば、亜衣に対して性的な興奮を覚えていた。身体は正直なものだ。彼女と〝したい〟と思ったら、自然と下半身が熱くなる。

「あれから、お前だけが……俺に視界に入るようになった」

白く滑らかな頬に触れると、亜衣の肩がぴくりと震えた。怯えているわけではなさそうだ。彼女の艶やかな黒髪が手の甲をさらりと撫でる。指を差し入れて、髪を梳きたい。頭を撫でたい。抱きしめたい。深く息を吐いても、衝動は収まってはくれなかった。

亜衣の白い頬がほのかに赤く染まる。恥ずかしいのだろうか。清らかそうな印象とは裏腹に、その目にはたしかに色香が立ち上っていて、尊仁は生唾を飲み込む。

「好きなのに、好きだって言えなかった」

言葉をかけながら、手を滑らせて亜衣の顎を上向かせる。顔を近づけても嫌がる素振りはなく、尊仁は胸を撫で下ろした。軽く唇を触れさせると、亜衣の目がまるでキスに酔ったかのようにうっとりと細まった。

我慢できずに二度、三度と口づける。ちゅっと淫らな音が立ち、亜衣が驚いたように目を丸くした。見る見るうちに亜衣の頬が先ほどよりも赤く染まっていく。

「……っ」

抱きたくて堪らない。下半身は痛いほどに張り詰めている。二十八歳にもなってキスだけで後戻りできないほど昂（たかぶ）ってしまう己に羞恥（しゅうち）はあるが、自分がどれほど亜衣を切望しているか知ってほしくもあった。

「ごめん」

「どうして、ごめん？」

彼女はきょとんと目を瞬（またた）かせて首を傾（かし）げる。

「俺の部屋に亜衣がいると思うと、我慢できなかった。強引に連れ込んで、こんなことして……そんなつもりはなかったなんて、言えない。ごめん」

亜衣、と名前を呼んだのは初めてではない。本人には言えなくとも、頭の中で何度となくその名前を紡（つむ）いだ。時に、ベッドの中でも。

顎をなぞるように指を動かすと、くすぐったいのか亜衣が身動（みじろ）いだ。目を細める表情がやたらと官能的で薄い唇を貪（むさぼ）りたい衝動に駆られる。

「キスしたい」

尊仁が言うと、亜衣は迷う素振りを見せた。どうしてだろう。

やはり嫌だった？

触れられて気持ち悪いと思った？

嫌な予感が押し寄せてきて、胸が潰れそうになる。気持ち悪がられても、嫌がられても、もう無理だ。自分たちは再会してしまった。たとえ亜衣の想いが同じでなくても離してやれそうにない。それでも無理強いだけはしたくなくて。泣かせたくもなくて。相反する二つの思いで、どうしたらいいかわからなくなる。

尊仁が顔を近づけても、目は合ったままだ。そのことにほっとする。嫌悪感を抱かれているわけではなさそうだ。ならば、あまりに性急過ぎて、驚かせてしまったのだろうか。けれど、もう引けそうにない。

「やっぱり、もう一回謝らせて」

「なにが？」

「キスだけじゃ……終われない」

そう言った途端、亜衣の目に期待とほのかな劣情が浮かぶ。誘うように潤んだ目を見つめていたら我慢などできるはずもなく、ぐいっと亜衣の細い腰を引き寄せた。

腕の中にすっぽりと収まった亜衣は想像していたよりもずっと細かった。ちゃんと食べているのだろうかと心配になるほど。

唇を重ねると、気持ち良さそうな吐息が亜衣の口から漏れて、腰を重くした。亜衣はどうしていいかわからないといった様子で尊仁の唇を受け止めていた。

もしかしたらこういう行為に慣れていないのかもしれない、そう思うとますます気持ちが高揚してくる。

「は……っ、ぁ」

最初は啄むように口づけて、何度も唇を食む。ちゅ、ちゅっと水音を立て薄い唇を甘噛みすると、息が苦しくなったのか亜衣の唇に隙間ができる。

驚かせないように、空いた隙間に舌をそっと差し入れる。口の中で動きを止めている舌をぬるりと舐めてみると、腕の中の亜衣は身体を震わせた。気持ち良さそうな亜衣の表情は、たしかに快感を得ていると教えてくれた。興奮しきった息を吐きながら、尊仁はますます激しく舌を絡ませて、ねっとりと甘い口腔内を舐めしゃぶる。

「ん……」

亜衣のうっすらと開いた目に、情欲に駆られた自分の姿が映る。

抱きしめると、胸板に亜衣の丸い乳房が当たる。そこを揉んで、口の中で舐め回してみたらどんな味がするだろう。卑猥な想像だけで、スラックスの中で勃ち上がった屹立が生地を持ち上げる。亜衣も自分と同じ気持ちでいてくれたらと願うが、自信なんて少しもなかった。

「はぁ……んっ」

「亜衣」

そんな己を見られているのが恥ずかしくて、尊仁は唇をいったん離した。

「目、瞑（つむ）って」

「このままじゃ、だめ？」

亜衣はなぜか拗（す）ねたように尋ねてくる。

「だって……せっかく、見えたのに」

「見えたって？　なにが？」

唇を離したものの、すぐに惜しくなって、言葉の合間に軽く触れあうキスを続ける。彼女に囁（ささや）きかける自分の声が、自分の声とは思えないほどに甘ったるい。

「久保（くぼ）くんの顔……さっきまで、あまり見えなかったから。こうして近づいた今は、やっと見える」

彼女の眼鏡は壊れてしまって、今はない。かなり目が悪いのか、キスをするほど近づかないと亜衣は見えないらしい。だとしても、そんな愛おしそうな顔で「せっかく見えたのに」なんて言われたら、積年の想いが簡単に溢れだす。

「やべぇ……本物が可愛すぎる……」

思わず呟（つぶや）いたが、とうの本人は聞こえていないのか、きょとんとした顔をしていた。

「昔から、笑った顔、近くで見たいってずっと思ってたの。私も、久保くんが初恋だったんだ」

自分の期待は勘違いではなかった。そう確信した。近くで顔を見たいと思うほど、亜衣も同じように恋心を抱いてくれている。それが嬉しかった。しかも、亜衣も尊仁が初恋だったなどと言う。それを聞いて、胸が歓喜に湧いた。昂った身体はすでに収まりのつかないところまできている。どくどくと激しく鳴る鼓動が聞こえてはしまわないだろうか。

「俺は……なにかを試されてるのか？　今、そんなこと言われたら我慢とか無理だろ……」

「あの……今じゃないと……言う機会ないと思って」

「どうして？　これから何度だって作ればいい」

これから自分たちは始まるのではないのか。尊仁はささくれた気持ちで聞く。

尊仁はすっかり亜衣を手放せなくなっているというのに、今後話す機会がないような言いようだ。絶対に離さない。中学の頃、告白できず何度も後悔したのだ。あんな後悔はごめんだった。

「もう、会うつもりなかったのか？　やっと見つけたのに、離すわけがない」

亜衣の身体を絨毯(じゅうたん)の上に押し倒して、両腕を頭上で一纏(ひとまと)めにする。離して堪るか、そんな自分の感情を叩(たた)きつけるように亜衣の唇を貪ると、彼女が目を見張った。

「ん……うっ」

尖(とが)らせた舌を縦横無尽(じゅうおうむじん)に動かし、熱を持った口腔内をかき回す。どちらのものかわからない唾液が口の中に溢れるのも構わずに、歯の裏側や口蓋をも舐め尽くした。

べっとりと唾液にまみれた亜衣の唇は、何度となく口づけたせいか、真っ赤に腫れてより淫らさが増している。舌を動かすたびに、亜衣の腰がぴくぴくと震えて、堪らない気持ちになる。

「はぁ……ん、ん」

「好きだよ。ずっと、忘れられなかった。だから、会わないなんて言わないでくれ」

尊仁の言葉に亜衣が恍惚(こうこつ)としたようにうっとりと目を細めた。

その顔を見ただけで、亜衣の感情が手に取るようにわかったものの、やはり言葉が欲しかった。好きだと言ってほしい。愛していると言ってほしい。再会したばかりなのに、欲求は留まることを知らない。

「私も……好き」

彼女からの『好き』という言葉で、頭の中が幸福感いっぱいに包まれた。喜びを持て余し、掴(つか)んでいた亜衣の腕を放す。すると亜衣は、自分から腕を回し尊仁に抱きついてきた。

「恋人になってくれるか？　遠くない未来に、全部、俺のものになってくれる？」

将来の約束だと伝わっただろうか。遠くない未来などと言わず、愛している、今すぐに結婚してくれ。本音ではそう言いたかった。ただ今はまだ、自分と亜衣の気持ちは遠い。彼女に対して重いまでの愛情を抱いているのは尊仁だけだ。

亜衣は当然のごとく驚いた様子で口をぽかんと開けていた。

まだ互いについてなにも知らない。たしかなのは、中学の同級生だったというだけ。それでも、尊仁にとっては亜衣が唯一の相手だった。いつかは亜衣も同じように思ってほしい。

「全部って……まさか」

亜衣の口から語られる言葉を一音でも逃したくない。

尊仁は真(ま)っ直(す)ぐに亜衣を見つめて、自分の想いを打ち明けた。

「全部、俺のものにしたい。ずっと、お前に会いたかった。忘れられなかった。亜衣が、欲しかったんだ」

亜衣はそんな尊仁の想いを受け入れてくれた。

喜びのままに、尊仁はこの夜、幾度となく彼女の華奢な身体を貪った。

何度も欲を吐きだし、抱き潰した。過ぎる快感に亜衣が泣きだしてもやめてあげられなかった。

そしてその翌日、隣に眠っていたはずの亜衣の姿がないと気づいた。

あれほど情熱的に愛を確かめあったというのに。

昨夜のことが夢か幻だったのではないかと思うほど、手のひらに触れたシーツはすっかりと冷え切っていた。

第一章

「あなたが不倫相手なのはわかってるのよっ！」

冬の気配が色濃くなる十一月の中旬。

突然、会社のロビーに響き渡った女性の甲高い声に驚き、亜衣（あい）は出口に向けていた足を止めて、声が響き渡る方へ視線を向けた。

亜衣が勤めるここロケートはスポーツ用品を扱う会社で、五階建ての自社ビルを持っている。がらんと広いロビーはガラス張りになっており、ガラスケースにはスポーツ選手たちが実際に使用した自社のウェアや靴がサイン入りで並べられていた。

時刻は十八時。定時で仕事を終えた社員たちが、二台あるエレベーターからぞろぞろと降りてくる頃だ。亜衣もその一人だった。帰る準備をしていた二名の受付嬢も、何事かと声の主を探すように顔を上げていた。

（なに？　揉め事？）

声は亜衣の数メートル先から聞こえてくる。亜衣は下にずれていた眼鏡を直して、周囲を見回した。後ろで一つにまとめている肩の下まで伸ばした黒髪がさらさらと横に揺れる。

〝不倫相手〟と言うくらいだから、会社に乗り込んできたのは誰かの妻だろうか。亜衣はそう想像した。声を上げた女性は四十代後半くらいで、仕立てのいいワンピースに身を包み、顔を歪ませ怒気を漲らせている。

なぜかその女性と目が合ってしまい、亜衣はぱっと視線を下へ落とす。

（私を……見てる？　まさかね）

恋愛経験一つない亜衣には、不倫など無縁だ。

（でも本当にあるんだな……こういうの。昼ドラみたい）

亜衣は冷めた気持ちで小さく息を吐いた。不倫なんて興味もないし、関係もない。だがその言葉は、亜衣の心をひどく落ち込ませるものだ。

巻き込まれないようにさっさとこの場を立ち去ろう。女性から距離を開けて、立ち去ろうとした時、カツカツとヒールを鳴らす音が聞こえた。ふと顔を上げると、女性が亜衣に視線を据えたまま、こちらへと近づいてくる。

（え……？　なに？　私がなにかした？）

まさか亜衣の近くに、くだんの不倫相手がいたのか。しかし、周囲をきょろきょろと見回しても、自分の近くに人は立っていない。そしてなぜか、ロビーにいた社員たちの視線が一斉に亜衣へと向けられる。

見ていたのが失礼に当たったのだろうか。いや、それは亜衣だけではないはず。実際に今だって視線を向けている人がたくさんいる。動揺しながらもその場から動けずにいると、亜衣の真正面に立った女性がますます顔を顰めて睨みつけてきた。

「黙ってないでなんとかいいなさい！　調べはついているのよ。営業部の横山亜衣さん？」

エレベーターからは続々と人が降りてくる。そして人だかりを見て、何事かと足を止める。そんな人で辺りは溢れかえっていた。その中心で名前を呼ばれた亜衣は、なにがなんだかわからず困惑するしかない。

（どうして、私の名前を……）

女性が言う〝不倫相手〟は亜衣だったらしい。当然、身に覚えはまったくない。男性と付きあった経験もないのに、不倫なんて。暑くもないのに、冷や汗が背中を伝う。

（いったいなに？　どういうこと？）

なにがなんだかわからず、亜衣は瞬き一つできず女性と対峙する。

この女性が誤解しているのはたしかだろうが、なぜ亜衣の部署と名前を知っているのかが不明だ。亜衣は身が竦む思いで視線を上げた。

とりあえず誤解を解かなければ。間違いなのだから、話せばわかるはずだ。

「あ、あの……なにかの間違いです」

亜衣が恐る恐る口に出すと、場がシンとした。亜衣の言葉を聞き漏らすまいとした人々が一瞬にして口を閉じたためだ。

周囲を見ると、さっと目を逸らされる。関わりたくないのだろう。先ほどの亜衣と同じだ。それでいて誰も彼も好奇心丸出しの眼差しを向けてくる。不倫なんてしていないのに、そうと決めつけられているみたいだ。

「間違い？　調べはついていると言ったでしょう。証拠もあるわよ、ほら。自分の目で見なさいよ」

女性は蔑むような口調でそう言うと、ワンピースの上に着ているコートのポケットから写真を取りだし、亜衣へと向けた。

「そんなおとなしそうな顔をして、裏では男を漁ってるんだから。見た目にごまかされると思ったら大間違いよ！」

亜衣は汗でずり落ちてきた眼鏡をかけ直して、自分に向けられた写真を凝視する。夜に撮られた写真のようだ。周囲は暗く、店の看板の明かりがはっきりと見える。そしてその中に見知った顔を見つけて、亜衣は大きな目をさらに大きく目を見開いた。

（磯山部長……っ⁉）

磯山は亜衣の上司で、営業部の部長だ。年齢は五十代前半くらいだったはず。温和な人柄だがやや押しが強いところがあり、断れないと思われているのか、亜衣は雑用を頼まれる頻度が多かった。ということは、目の前にいるこの女性は磯山の妻なのか。

けれど、どうして自分がという疑問が解けていない。亜衣はもう一度写真に視線を移した。

写真に写る男女は、どこかの繁華街で身体を寄せあっていて、特別な関係にあるとわかる。磯山部長の横顔は写っているものの、隣の女性は磯山部長の身体で隠れていて顔が写っていない。

二人は煌(きら)びやかな看板が設置されたホテルへと足を向けていた。

(この人……磯山部長の奥さんは、ここに写ってる女の人が、私だと思ってるの?)

そういった経験のない亜衣にも、写真に写るホテルがどういった目的に使われるかくらいは知っている。入り口に向かっているところから、完全に後ろ姿が見えなくなるまで写されていることの写真はたしかに不倫の証拠と言えるだろう。

「これ……私じゃ、ありません」

写真には女性の顔は写っていない。亜衣は声を震わせながら言った。怖かった。今まで、真面目に生きてきて、誰かにこんな風に責められた経験など一度もなかったのだ。

ちゃんと話せば誤解は解けるはず、そう思っていても、どうしよう、どうしようという焦(あせ)りばかりが募っていく。

「言い逃れできるわけないじゃない! 髪型だって同じだし、あなたが今着てる安っぽいスカートも同じでしょう!」

磯山夫人は激高した様子で、写真を指差した。亜衣はその声の大きさに全身をびくりと震わせる。

（髪型と服が同じって……それだけで……？）

たしかに写真に写っている暗い色のスカートと、今、亜衣が穿いている紺色のスカートは似ているかもしれない。だが、この写真に写っているのは自分でないと、自分が一番よくわかっている。ここがどこだかも知らないし、磯山部長とここまで身体を密着させた覚えなど一度もない。

ただ残念なことに、後ろで一つに結んだ髪や、ひょろりとした体格は、亜衣とよく似ていた。顔がはっきりと映っていれば、磯山夫人も亜衣ではないと納得してくれるはずなのに。

磯山の妻が手にしている写真は数枚あるようだ。どれかに顔が写っていないだろうか。亜衣は磯山夫人が持っている写真に手を伸ばした。

「あの、すみません……ほかのも見せてください」

「よーく見なさいよ」

まるで投げつけるようにして、写真を手渡された。

（なんで……嘘、後ろ姿ばかりじゃない……っ）

写真を一枚ずつ見ていくが、どれもこれも顔が隠れていたり後ろ姿だったりで、はっきりと女性の顔が映っているものは一枚もなかった。顔が映っていれば自分ではないと言えたのに。

頭の中でどくどくと激しく心臓の音が鳴り響く。このままでは磯山部長の不倫相手は自分ということになってしまう。どうにか誤解を解く方法はないかと考えても、焦るばかりでなにか思い浮かんでくるはずもない。

「違います！　これ、私じゃないです！」

「あなたなのはわかってるって言ってるでしょう！」

亜衣が口を開けば開くほど磯山の妻は激高していくようで、甲高い声が人垣のできているロビーに響き渡った。

「だって……か、顔が映ってないです！」

震えそうになる自分を叱咤して、なんとか言葉を紡いだ。こんな風に目立つことも、大きな声を上げることも亜衣は慣れていない。不倫なんて自分には一番縁遠い言葉だと思っているくらいだ。

磯山夫人は冷笑を浮かべて亜衣を一瞥すると、憎々しげな表情で口を開いた。

「これを見せたら、主人があなただと言ったのよ。同じ部署の横山亜衣って子と不倫関係を持ったってね」

「そんな、わけ……」

(磯山部長が……言った？　なんで？　どうして？)

さぁっと血液が下へ流れ落ちていくように、目の前が真っ暗になっていく。

周りの景色が歪んで頭がくらくらする。冬だというのに顔に大量の汗が噴きでてきて、先ほどから何度も眼鏡が鼻から滑り落ちる。

亜衣は眼鏡を直すこともできず、その場に立ち竦んだ。磯山部長が亜衣と不倫をしたと言っている以上、どう誤解を解けばいいのかさっぱりわからなくなってしまったのだ。

(私じゃないのに……どうして)

恋愛どころか今まで一人としてそういう関係を持った覚えはない。ホテルへ行った覚えもだ。

ただそれは、自分だけが知っている事実で、どう言えば証明になるかなんてわかるはずもなかった。

(私は……そんなことしてない。するわけない……っ)

上司である磯山がなぜ亜衣と不倫していたなどと言ったのかはわからないが、写真に写っているのは亜衣ではないのだから、調べてもらえばわかるはず。この時はまだ、混乱しながらも若干の希望を抱いていた。

「ちょっと退いて! 退いてくれ!」

するとエレベーターホールの方から叫ぶような声がして、人垣が割れる。そこに現れた男性に亜衣は安堵の息を漏らした。おそらく誰かが知らせてくれたのだろう。

「磯山部長……っ」

きっと磯山の妻が名前を聞き間違えたのだ。

磯山部長本人からきちんと聞けば相手が亜衣ではないとわかるはず。

「沙苗! お前っ、お前! なにをっ!」

亜衣が声をかけようとすると、磯山部長は妻の元に駆け寄り、唾を飛ばさんばかりの勢いでまくし立てる。これほどに狼狽(ろうばい)した上司を見たのは初めてだった。

　仕立てのいいスーツに身を包んでいて、今日もそれは変わらない。腕時計や靴は高級そうだが、どことなく似合っておらず、着られている感があるのも。

　いつも疲れた顔をしていて、目の下には隈(くま)がくっきりと浮かび、スラックスのウエストはベルトを締めていてもかなり余りしわが寄っている。

「なにをしてる！　こんなところで！」

「なにをって？　あなたの不倫相手にご挨拶(あいさつ)してるだけじゃないの」

　すると磯山の妻は悪びれる様子もなく、淡々と言ってのけた。なにが悪いのと言われて、磯山部長は顔を引き攣(つ)らせながら囁(ささや)くような声で弁解を始める。

「も、もう二度としないと言っただろう！　謝ったじゃないか！　こんな……会社まで来て、騒ぎを起こして……っ」

　声をかけるタイミングを完全に失ってしまった亜衣は、二人が話し終えるのを待っていた。磯山部長が来てくれた以上、あとはきちんと話し合えば不倫相手は亜衣ではないとわかってもらえるはずだと信じていたから。

「もう二度としないを、何度聞いたと思ってるの？　仏(ほとけ)の顔も三度までと言うでしょうに」

「う……それはっ、悪かったと……思ってる」

　磯山部長は言葉に詰まり、妻に向かってへこへこと頭を下げた。近くにいる亜衣の姿はまったく映っていないのか、こちらを一度も見ようとしない。

「あ、あの……」

逸る気持ちが抑えられず、亜衣が話に割って入ろうとすると、その前に磯山夫人の視線が亜衣を貫いた。

「その騒ぎを起こす原因を排除しないとねぇ。何度も何度も甘い顔をしていると思ったら、大間違いよ？」

「わ、わかった……適切に対処する。だから」

妻の視線でようやく磯山部長が亜衣を視界に入れる。適切に対処する、その言葉に引っかかりを覚えて、背中に冷たい汗が流れ落ちた。

どうしてだろう。磯山部長はこの場に亜衣がいることをなぜ疑問に思わないのか。磯山夫人が亜衣に向けて言葉をかけても、磯山部長はなぜ驚いた顔一つ見せなかったのか。

「どう対処するの？　まさか、他人様の家庭を壊しておいて、この女をのうのうと明日も出社させる、なんて言わないわよね？」

磯山夫人が亜衣を憎々しげに指差した。おそらく磯山は違うと、誤解だと言ってくれる。亜衣は縋るような気持ちで磯山を見る。

「横山さん！　君はとりあえず自宅待機だ。今後については後日連絡するから！」

「な……んで」

どうして私が、そんな困惑と混乱と憤りで、ふらりと身体が揺れる。否定してくれないのか、不倫相手は亜衣ではないと。

磯山部長の言葉は、亜衣が不倫相手だと認めてしまったも同然ではないか。目眩がして立っているのがやっとだった。どうして、どうして。頭の中にはこの言葉しかない。どうすればいいかなど、なにも考えられない。

亜衣は信じられない思いで磯山部長を凝視した。

「なぜ……ですか……？」

かたかたと全身が震える。ぎゅっと腕で身体を包むようにしても、震えは収まってくれない。

「私じゃ……私じゃありませんよね？」

どうして自分が自宅待機なのか。

「磯山部長……どうして？」

不倫なんてしていないのに。亜衣が違うとわかるように、磯山部長だってわかっているはずだ。それなのに。

「黙れ！　たかが契約社員の分際で、私に取り入ろうとするからこうなるんだ！　君とはもう終わりだと言っただろう！」

突然、聞いたこともない大声で磯山部長に詰られて、亜衣はびくりと肩を震わせる。

「もう、終わりって」

終わり以前に始まってもいないし、もちろん取り入ろうともしていない。だが亜衣が愕然としながら呟いた言葉は、周囲からは別れを告げられた恋人のように見えた。

「ようやく自分がなにをしたのか、わかったかしら？」

「ちが……っ」

「黙りなさい！」

違うと言うより前に、突然、磯山夫人に肩を強く押されて、足が一歩二歩と後ずさる。身体を支えていられずに、亜衣はロビーの床へ倒れ込んでしまった。

だんっという音がロビーに響いて、焼けたような痛みに一瞬、息が詰まった。

「い、た……っ！」

身体を起こそうとすると足首に激烈な痛みが走る。

周囲の誰も転んだ亜衣に手を貸そうとする人はいない。恥ずかしさと、情けなさで、声も上げられなかった。

目の奥がじんと熱くなる。

どうして、自分がこんな目に遭わなければならないのだろう。

どうして、なにもしていないのに、知らない相手から恨み辛(つら)みをぶつけられなければならないのだろう。溢れてくる涙を抑えきれず、顔が映るほど磨かれた床にぽつりと滴り落ちた。

けれど、泣き顔を見せたくはなかった。それでは不倫を認めているようなものだ。亜衣はぐいっとコートの袖で頬を拭った。眼鏡をしているため、赤くなった目はさほど目立たないはずだ。

「う……っ」

足に力を入れると、悲しみさえ忘れてしまうほどの痛みが走り思わず鈍く呻く。

「目障りよ！　早く私の前から消えて！」

それでもなんとか倒れ込んだ身体をよろよろと起こした亜衣の真上から、磯山夫人の声が降り注いだ。

違うと言えば、また同じように暴力を振るわれるかもしれない。そう思うと怖くて、亜衣には頷くしか道はなかった。

「は、い……わかり、ました」

なにも言い返せなかった自分が悔しくて、亜衣は唇を噛んだ。倒れた拍子に床に落としてしまったバッグを掴み、足を引きずりながら歩きだす。

人垣が割れて、周囲の視線が突き刺さる。ひそひそとなにかを囁く声も聞こえる。亜衣は視線を振り払い、顔を隠すように俯くと、這々の体でビルを出た。

「あ、う……い……った」

ビルを出て、足を一歩踏みだすたびに痛みはどんどんひどくなる。

その場にしゃがみ込まなかったのは、まだ周囲にロケートの社員がいるかもしれないと考えたからだ。

少しでも早く遠くに行きたくて、痛む足を引きずりながら駅へと向かった。

電車に乗っている間も、頭の中に浮かぶのは疑問ばかりだ。考えたところでわかるはずがなくとも、どうして自分がと繰り返してしまう。

品川区内にある東急池上線沿いの駅で電車を降りた。ようやく地元の駅に着き、改札を出たところで、亜衣は胸を撫で下ろす。足の痛みのせいで、いつもよりかなり時間がかかってしまった。

この駅の南口にはわりと大きな商店街があり、理髪店の隣にある駄菓子屋は亜衣のお気に入りの店だ。いつもなら買いたいものがなくとも寄ってしまうその店の前を素通りして、亜衣は痛む足を引きずりながら家路に就いた。

亜衣が住んでいるアパートは三階建ての二階で、階段を上がってすぐの部屋だ。築二十年という古さだが、亜衣が引っ越してくる直前にリフォームされ、外観は新築のようで気に入っていた。

今のアパートに引っ越してきたのは六年前だが、亜衣は生まれた時から二十八年間ずっと、この町に住んでいた。

上がり框にゆっくりとした動作で腰かけて捻った足首を見ると、たんこぶのように真っ赤に腫れ上がっていた。恐る恐る靴を脱ごうとしただけで強烈な痛みが走り、動けなくなる。

足首を押さえたまま深く息を吐いて、時間をかけてそうっと靴から足を引き抜く。痛みを堪えているからか、暖房のついていない寒い室内にもかかわらず額には汗が滲んでくる。

「痛い……」

そう訴えても、一人暮らしでは当然応えてくれる相手はいない。大丈夫、と心配してくれる人も。

「あ……ぅ……っ、ひっく」

もう涙は堪えきれなかった。どうして自分がこんな目に遭わなければならないのだろう。不倫なんてしていないのに。

亜衣は重い身体を引きずるようにしてベッドに倒れ込み、目を瞑った。溢れる涙が枕に吸い込まれていく。

この状態では明日会社に行くのは無理だ。そう考えて、自嘲的な笑みが漏れる。

（あぁ……自宅待機、なんだっけ……）

では欠席の連絡はしなくていいのだろうかと、どうでもいいようなことばかり考えてしまう。

もう少し落ち着いていれば、一営業部長である磯山に自宅謹慎処分を決定する権限はないはずだということに気づけたかもしれないが、この時の亜衣には自分が今後どうするべきなのか判断するだけの冷静さはなかった。

いったい自分の身になにが起こったのか、それすらよくわからなかったのだ。

そしてその翌日。

ごろりと寝返りを打った亜衣は、あまりの強烈な痛みで目が覚めた。

「会社に、電話しなきゃ」

痛み止めを飲んで様子を見ていたが、足の痛みはまったく治まらない。一晩経って、考えた。

あの場で磯山部長から自宅待機を命じられたが、いつまでともなにも聞いていない。昨日の出来事がなにかの間違えでは、と思えてきた。

亜衣は念のため会社へと連絡を入れることにした。磯山部長ではなく、ほかの上司に聞いてみればいいと考えて。

高校を卒業してから十年勤めた会社だ。磯山部長を含め上司や同僚はなんだかんだと真面目に仕事に取り込む亜衣を頼ってくれていたし、亜衣は正社員ではなくとも、人一倍仕事を抱えていた。自分が辞めたら、困る人がたくさんいるはず。そんな自負もあった。

つまらないと言われればそれまでだが、真面目だけが取り柄だ。誰かに後ろ指さされるようなことはしていない。

大丈夫、大丈夫と念じながらスマートフォンの連絡帳から会社の電話番号を呼びだす。三コールも鳴らずに直属の上司である磯山部長が電話に出た。

「横山です。お疲れ様です……あの……はい……え……っ？」

そして、十一月末――つまり、今月末で亜衣は契約社員としての契約を解除する旨を伝えられたのだ。

退職に関する書類はメールで送るからサインをして送り返すように、磯山部長は事務的な口調でそう言った。

亜衣がなぜ、どうして、と疑問を口にする前に、電話は切られていた。


十二月に入り、街は一気にクリスマス模様となった。

亜衣が住む街の商店街でもクリスマスのセール企画があるのか、赤や緑で作られた旗が各店頭にはためいている。

だが、室内で窓の結露をぼんやりと見つつペンを走らせる亜衣は、とてもクリスマスに浮かれる気分にはなれなかった。テレビをつけると何度となく流れるクリスマスソングにため息ばかりが漏れて、消してしまったくらいだ。

亜衣は両手を口元に持ってきて、はぁと息を吹きかける。一瞬だけ温かくなったような気はするが、それは気のせいだとばかりに指先が冷えていく。

暖房をつけていても窓から冷気が入ってくるのか、壁の薄い賃貸アパートは非常に寒い。この部屋は気に入っているが冬に過ごしづらいところだけが難点だ。首に巻いたマフラーも着込んだコートも生地がやたらと分厚いものの、安物だからかそこまで温かさはなかった。

クッションを敷いてその上に座っていても、フローリングが足下から熱を奪っていき、身体の芯を冷たくする。

心が疲れ、身体も冷えているからか、いつもは忘れている孤独感がやってきて、泣きたくなってくる。

「だめだ……字が書けない。寒い……」

指がかじかんで文字が歪んでしまった。

間違ったわけではないしこれくらいはいいだろう、と思ってしまうのは、寒さで頭が鈍くなっているからかもしれない。

いったん温かい飲み物でも淹れよう。亜衣は握っていたペンをテーブルに置いて、かじかんだ手のひらをぶんぶんと振り、グーパーと握ったり開いたりしてみる。

やかんで湯を沸かし、ティーバッグの紅茶をマグカップにセットした。熱湯をマグカップに注いでいると、眼鏡のレンズが白く曇り、鼻の下へとずるずると落ちてくる。それを慌てて指で直してふたたび湯を注いだ。

「眼鏡、もう一本作っておかなきゃ。面接にも行けないし」

実は昨日、いつもかけていた眼鏡を壊してしまったのだ。立ち上がろうとして思いっきり足に体重をかけてしまい、あまりの痛さにしゃがみ込んだタイミングで、運悪く眼鏡が落ちて自分の膝でそれを踏みつけた。

仕方なく古い眼鏡を引っ張りだしてきたのだが、こちらもかなり前に作ったもので、フレームが曲がってしまっていて、何度直しても鼻からずり落ちてくる。

亜衣は中学時代から極度の近視で、眼鏡がないと生活ができないため、背に腹は代えられず古い眼鏡を使っていた。母からはコンタクトにしたらと言われているが、目に異物を入れる恐怖と眼鏡よりもお金がかかりそう、という理由で手を出せないでいる。

「温かい」

敷いたクッションに座り、テーブルにマグカップを置き両手で包み込む。じんと痺（しび）れるような熱さが手のひらに広がって、かじかんだ指先に体温が戻った。

そしてようやく履歴書の続きを書き進めていくが、書き終えたところで、再就職を頑張るぞ、という気持ちには到底なれない。ただ事務的に履歴書と職務経歴書を作成しているだけだ。

仕事をしなければ生活が成り立たない。だから、早く仕事を決めなければと焦りが募るものの、磯山部長から告げられた契約解除に納得などできるはずもなかった。

気持ちを切り替えよう、もう忘れよう。そう思っても、たびたび思い出し気持ちが沈む。

年末だからか求人案内は少ない。

何社かに履歴書を送ったくらいで、スケジュール帳は真っ白だ。書類選考の返事も来ず、面接すらできていない。だから考えなくてもいいことばかり頭に浮かんでしまう。

「忘れよう。そう決めたんだし。早く次の仕事決めないと！」

自分を鼓舞（こぶ）しても、なかなか気は乗らない。

そうして焦りばかりが募っていく。一、二ヶ月生活できるくらいの貯蓄はあるが、言ってしまえば数ヶ月生活できる程度しか貯蓄がない。貯蓄が底をついたらどうしようと、不安が押し寄せてくる。

下を向いた拍子に前髪がはらりと落ちてきた。その髪を一筋指で摘まんで引っ張る。そろそろ切った方がいいかもしれない。染めていない真っ黒の髪は鎖骨あたりまで伸びていて、仕事中は一括りにして後ろで結んでいたが、今はそのままの状態で下ろしている。なんの予定も入っていないと髪を結ぶのも面倒で、眼鏡を作るのも後回しにしてしまっていた。

寒さで血の巡りが悪いのか、亜衣の顔は青白い。あまり日に焼けないタイプで、肉付きもよくないため、テレビ画面に反射した自分の顔は、以前にも増して不健康に見えた。

気持ちを切り替えて、次の就職先に目を向けなければならないのはわかっている。が、突如自分に降りかかった悲劇をいまだに受け止めることさえできていない。

もともと地味だというのに、こんな不幸を背負ったような顔をしていたら面接だって通らないだろう。

亜衣は高校を卒業してすぐ、株式会社ロケートに就職をした。

十年間契約社員ではあったが、営業事務として問題一つ起こさず、社員たちとも上手くやっているつもりだった。やりがいもあったし、いつかは社員にという夢もあったのだ。

(知らないうちに……磯山部長に恨まれてたとか……?)

磯山部長には面倒な雑用を頼まれることが多かったが、亜衣は決して断らずに、仕事をこなした。なにかのきっかけで恨まれるようなことをしてしまったのかもしれない。

　磯山部長とは仕事上の接点しかない。何度考えても、自分が不倫相手とされる理由がそれくらいしか思い当たらなかった。

　あれから何度か会社に連絡をしてみた。

　契約を切られることにどうしても納得がいかず、磯山部長を呼びだしてもらったものの、復縁を迫っていると思われ、次に連絡をしてきたら警察を呼ぶとまで言われて、亜衣にはどうすることもできなかった。結局、納得がいかないまま今に至る。

　また手のひらが冷たくなってきて、亜衣はマグカップを手にして温める。

　ちょうどその時、テーブルに置いたスマートフォンが着信音を響かせた。画面に表示された名前は、今回の一部始終を話した同期の友人だ。彼女も営業部で働いていて、営業として外回りを担当している。

「もしもし？　絵里（えり）？」

『お疲れ～』

　時間を見るとまだ定時よりも少し前だ。仕事中ではないのだろうか。

「仕事中？　電話して平気なの？」

『今、挨拶回り終わってさ。今日はこのまま帰るところだから大丈夫よ。で、再就職先は見つかりそう？』

絵里は大卒入社のため亜衣よりも四歳上だが、同じ営業部配属ということもあり、入社時からずっと仲良くしてくれていた。

入社して三年目で結婚した絵里は、すぐに妊娠したため産休、育休を取っていた。その間は会えなかったが、一年で復帰し今もロケートの営業部でバリバリ働いている。亜衣からすれば同期だが、人生の先輩という感じでもある。

「書類を送ってはいるけど、まだどこからも返ってきてないかな」

『十二月だもんねぇ』

営業部も今の時期はかなり忙しいと絵里がため息交じりに漏らした。

「あのこと……なんかわかった？」

磯山部長への連絡を禁じられてしまったため、絵里になにかわかったら教えてほしいと頼んでいた。

今さらどうしようもなく、復職を望んでいるわけではないが、こんなことになった理由を知りたかったのだ。

亜衣が切りだすと、絵里もその話をするために電話をかけてくれたのか、真面目な口調で『大したことはわかってなくて』と前置きした上で話し始める。

『磯山部長、べつの支社に異動になっちゃったのよ。だから情報がまったく入ってこないの』

「異動っ？」

亜衣の不倫は事実無根だが、写真がある以上、磯山の不倫は事実なのだろう。なにもしていない亜衣が契約を切られて、磯山が支社への異動で済むなんて納得できるはずもない。

絵里も同じように思ったのか、不満げな口調で話を続けた。

『なにもしてない亜衣は、契約切られたのにね』

「契約社員だったからかな……正社員の昇級試験五回も落ちてるし」

今回は社員雇用を見送る、と書かれた内容のメールを思い出すと、今の状況と重なってしまい、鬱々（うつうつ）としたため息が漏れる。

ロケートはもともと大卒しか採用していなかった。そのため亜衣は契約社員として入社し、年に一度行われる社員登用試験を受けるように人事から勧められた。だが、今年こそと受けた試験でも結果は同じだった。

『こんなこと言うのはなんだけど……亜衣、辞めてよかったのよ』

「どうして？」

『亜衣が頑張ってたから言わなかったんだけど、うちの会社、各部署に必ず契約社員が一人、二人いるでしょう？　あれは人件費削減のため。試験で昇級できるのは数人いるかいないかくらいよ。それも全員大卒ね。会長がね、学歴重視の人だから。じゃなかったら、仕事のできる亜衣が何年も連続で落ちるわけがないわ。やってる仕事は正社員と変わらないのにさ。安い給料で雇って同じ仕事させてるんだから、おかしいわよね。ごめんね……ずっと黙ってて』

「ううん、大丈夫。そっか……そうなんだ」

絵里から聞かされた事実はショックではあったけれど、自分になにか問題があったわけではないと思うと、気持ちが楽になった。来年受けても、再来年受けても、おそらく亜衣が正社員になれる未来はなかったのだ。

頑張っている人が必ず報われるわけではない。だが、報われなかった人が頑張っていないわけでもない。

亜衣は正社員になるべく努力をしたし、その結果、周囲が頼ってくれるまでになった。正社員にはなれなかったけれど、仕事は好きだったし充実していた。やむなく退職をしたが、それで今までの努力が否定されたわけではないのだ。だから、それはもういい。

納得できないのは、やはり磯山部長の件だけだ。

「私が不倫したって、かなり噂になってる？」

『亜衣を直接知らない人たちがおもしろがって広めてるのはあるわ。ほら、あんたいい子だから断れないってのもあったんだろうけど、面倒なことばっかり頼む磯山の相手をすること多かったでしょ？』

「ほとんど雑用だけどね。お茶出しとか、コピーとかシュレッダーとか」

たしかにそうかもしれない。いいように使われていた自覚はあった。

『もちろん営業部はみんなわかってるわよ。でも、二人で会議室入っていって、何時間も出てこなかったとか。そういう声が廊下に漏れてたとか、ほかの部署の子は言いたい放題。たぶん本当のことはどうでもいいのよ。話のネタにして楽しんでるってだけで』

「そっか」

誰かも知らない相手に勝手な想像をされるのは、気分のいいものではなかった。

会議室に入って何時間も出てこなかったのは、資料作りや会議の準備に駆りだされていただけなのに。

『営業の何人か……市川くんとかも、火消しに回ってくれてるけどね』

市川やほかの営業部社員とは仕事上密に付きあっていた。彼らは亜衣を信じてくれているのだ。それがありがたくもあり、途中で仕事を放りだしてしまったことに対して申し訳なさもあった。

頼まれた仕事を断らない亜衣は、自分で言うのもなんだが外回りの営業からかなり頼られていたと思う。中でも同い年の後輩である市川とはよく話をしていた。

市川は誰にでも人懐っこい男性で、中学時代のあだ名が『委員長』の亜衣とは真逆の人生を歩んでいそうなモテメンだ。失敗も多いのだが、憎めない人柄でつい周囲は彼を甘やかしてしまう。亜衣もその一人だった。

営業部は和気藹々としていて、居心地が良かった。営業事務として頼られるのが嬉しくて、無理を言われても聞いてしまうこともしばしばあったが、頑張っていればそれがいつか自分に返ってくると思っていたから。

『もう関わらないのが一番かもしれないわよ。悔しいけどね』

不倫疑惑が持ち上がり、さして調べもせずに解雇になるくらいだ。

会社にとって、横山亜衣という契約社員は簡単に替えの利く存在だった。たしかに関わらないのが一番で、忘れるべきだとはわかっているが、やはり悔しいし、悲しい。

『そういえば、足の怪我はどう？　まだ治ってないんなら、少しの間だけでも実家に帰ったら？』

「怪我した理由聞かれるから、言えないよ。心配かけたくないし」

亜衣が仕事をクビになったと知られたら母は心配するだろうし、ましてやその原因が不倫疑惑をもたれてなんて知ったら、きっと会社に対して怒るだろう。

それがわかっているから言い出せなかった。

十八歳の時、母はたった一人で亜衣を産んだ。

母は自分の妊娠がわかった際、相手の男性が喜んでくれると信じて疑わなかったそうだ。そして結婚するつもりだったらしい。

だが、妊娠を告げた電話で知ったのは、相手にはすでに家庭があるという事実。母とは遊びで、妻と離婚する予定はなく、母との結婚も考えられないこと。

相手の男性の家庭を壊すのを案じた母は、黙って身を引くつもりだった。けれど、妻への発覚を恐れた男性は、母に対して子どもを堕ろせと迫ったのだという。母は、認知は必要ないと男性と縁を切り、身一つでこの街に逃げて亜衣を産んでくれたのだ。

それがどれほど大変なのかは想像でしかわからない。自分が十八歳になった時、この年齢で母が自分を産んだのかと考えると、事実なのににわかには信じられなかった。

母は騙されたことを悔いていた。それでも、亜衣を愛おしんで育ててくれた。

亜衣が働くまで、決して楽な生活ではなかった。

早く母に楽をさせてあげたくて、大学に行けという反対を押し切る形で亜衣は就職をした。社会に出ると、ようやく自分が大人になったような気さえしていた。

これからは亜衣が恩返しをする番だ。大したことはできなくても、せめて地に足をしっかりつけて働いていれば母は安心する。心配をかけたくない。

『そうね……でも、足まだ痛いって言ってたじゃないの。一人だと大変でしょ？』

「お母さんも働いてるから、時間ないと思う。それに、瑛人（えいと）の世話で私の世話どころじゃないよ」

母も自分の幸せに目を向けられるようになったのか、何年か前に結婚し、今は夫と六歳の子と一緒に暮らしている。

新しい父は亜衣に対しても優しく、自分の家だと思ってほしいと言ってくれるが、なるべく彼らの邪魔になるようなことはしたくなかったため、母の結婚を機に亜衣は一人暮らしを始めた。もうすでに成人した大人だったし、離れる寂しさよりも、母の幸せが一番だった。

とはいえ弟の瑛人は本当に可愛くて、一ヶ月に一度は駄菓子屋で買った菓子を手に、実家に顔を見せている。瑛人のふわふわのほっぺたは癖（くせ）になる柔らかさだ。辿々（たどたど）しく紡がれる言葉が可愛くて、母と父以上に、亜衣は瑛人を溺愛していた。

『瑛人くん、六歳だっけ？』

「うん。一緒に暮らしてない私にとっては可愛いだけだけどね。お母さんは大変みたいだよ。男の子の子育てって体力勝負だわぁ……って言ってるし」

『子育て真っ最中か～それじゃ頼れないね。私がなにかしてあげられたらいいんだけど。磯山の件でも、大した話できなくてごめん』

「なに言ってるの。信じてくれただけで十分。市川くんにもありがとうって言っておいてね」

『わかった。でも、本当に困ったことがあったらいつでも連絡してよ？　あ、仕事決まったらさ、お祝いにご飯食べに行こう』

「うん、ありがとう。仕事決まったら連絡するね」

亜衣は電話を切ると、窓の外に目を向ける。

いつまでも落ち込んではいられない。今、できることをやらなければ。

亜衣は、書き終えたばかりの履歴書と職務経歴書を一緒に封筒に入れて、足に体重をかけないようにゆっくりと立ち上がる。

外は真っ暗だが、時刻は十七時を少し過ぎたばかりだ。すでに郵便物の回収は終わってしまっただろう。けれど、なるべく早く次の仕事を決めたいという焦りがあり、出かける準備をした。

今日出しても、明日の朝出しても、届くのは同じ日なのに。

マフラーを巻き直し、履き古したスニーカーを履いた。まだ足の痛みは取れないため、そうっと足を靴に入れる。

仕事時はオフィスカジュアルが多かったが、ここ最近は簡単に着脱できるものばかりになってしまっていた。足の痛みで着替えるのも億劫なのだ。誰に会うこともないから気にする必要もないのだが。

「う～寒い……っ」

コートの前を寄せながら、亜衣は身体をぎゅっと丸めるようにして歩く。

室内も寒かったが、外はもっと寒かった。ずり落ちてくる眼鏡を直しながら、履歴書を入れたバッグを片手にポストを目指す。

吐く息は白い。キンと肌を刺すような寒さの中、人気のない住宅街を歩いていると、心細さもあってよけいに寂しさが増してくる。

ちゃんと就職先は決まるのか。貯金はそれまで持つのか。もし生活していけなくなったら。そんな不安が押し寄せてきて、絵里と電話をしていた時の温かさが徐々に冷えていくような感覚に襲われる。

「やっと、着いた」

亜衣はポストの前で深くため息をつく。

いつもなら十分も歩けば着くのに、ここまで倍以上の時間がかかった。履歴書をポストに投函したら、また来た道を戻らなければならないのが辛い。

（全然治らないな……）

二週間経っても足の痛みが引かないのは、病院にかかっていないからかもしれない。すぐに行けばよかったのだが、足を治すより会社に対して誤解を解かなければという意識が先立った。

その後、退職が決まり健康保険を切り替えなければならず、新しい保険証が届く頃には治るだろうと甘く見積もっていた。なにをするにも痛むから、ポストに行くのすら億劫で就職活動が捗（はかど）っているとは言いがたい。だからよけいに焦るのだろう。

ポストに投函し終えて踵（きびす）を返したその時、突然目の前が真っ暗になり、ドンという衝撃が走る。

「うわっ、悪いっ！」

「ぶ……っ！」

真横から人が来ていたようで、振り返り様にその人の胸元に思いっきりぶつかってしまったらしい。顔が埋まり、おかしな声が漏れる。

「いっ!!」

倒れそうになる自分の身体を支えるために足に体重をかけてしまい、ずきんっと鈍い痛みが走った。痛みに呻いた瞬間に身体を前に曲げたからか、バッグがコンクリートの地面に向かって落下し、眼鏡がなにかに引っかかり外れてしまった。

「あ……っ！」

まずいとは思ったものの、足の痛みで動くことはかなわなかった。眼鏡を探していると視界でなにかが動き、直後パキッとなにかが割れた音が響いた。

「め……眼鏡……」

「大丈夫かっ⁉ って、うわ、割れた⁉」

亜衣が愕然としながら地面を見つめていると、向かいから男性の声がした。薄ぼやけていてよくは見えないが、どうやら落とした眼鏡を男性に踏まれてしまったようだ。

(あ～どうしよう……眼鏡……もうこれしかないのに)

向かいにいるのはビジネスマンっぽいいでたちの男性だった。大きめのビジネスバッグを手にしていて、暗い色のロングコートを羽織っている。声の感じも若そうだ。

「あの……眼鏡……どこにあるかわかりますか？」

亜衣が痛む足に体重をかけないようにしゃがみ込もうとすると、その前に男性がバッグと眼鏡を拾ってくれた。

「これだ。といっても、使い物にならないと思う。俺のコートのボタンに引っかかったみたいで。落ちたのを踏んでしまった。本当に申し訳ない。もちろん弁償させてもらうから」

眼鏡を手渡されて受け取ると、もともと曲がっていたフレームはさらにおかしな方向へ曲がり、レンズは見るも無惨な状態だ。

どうやら、ぶつかった拍子に眼鏡のフレームを、彼のコートのボタンに引っかけてしまったらしい。

「急に振り返った私も悪かったので……弁償は大丈夫です。こちらこそすみませんでした。ボタンは外れませんでしたか？」

亜衣は顔を上げて目を凝らす。男性の顔はよく見えないが、かなり背が高いのはわかる。聞こえてくる声は、低く穏やかで耳心地がいい。

「ボタンなんか大丈夫だけど。困るだろうから、きちんと弁償はさせてほしい」

このあとどうするべきか。男性の申し出をありがたく受けさせてもらおうか。

眼鏡がないと正直なにも見えず、家に帰れるかもわからない。

本当に悪いことは重なるもので、どうして昨日眼鏡を壊したばかりなのに、今日もなのかとますますげんなりとしてしまう。

「視力はどれくらい？　替えの眼鏡はある？」

「実は……替えの眼鏡も壊してしまって。あの、弁償は大丈夫なので、申し訳ないのですが眼鏡店に連れていってもらえないでしょうか？　あとはなんとかしますから」

どうせ新しい眼鏡を作らなければと思っていたところだったのだ。

フレームはもともと曲がっていて、簡単に外れやすかったのだから、男性だけのせいではない。ぶつかった亜衣も悪いのだし、弁償してもらう必要はないだろう。このままでは家にも帰れないため、とりあえず眼鏡店に連れていってもらい、帰りはタクシーで帰って来ればいい。

「眼鏡店だな、わかった。あ、待って……なにかまだ落ちてる。社員証か……え？」

「あっ、すみません」

そういえばロケートの社員証を返却するのをすっかりと忘れていて、バッグに入れたままだった。

男性は、社員証を拾ってくれたものの、手にしたまま動きを止めた。なにやら戸惑っているのが伝わってくる。いったいどうしたというのだろう。

「あの？」

「横山、亜衣、さん？」

亜衣が声をかけると、社員証の名前を見たのか、男性はなにかを確かめるように名前を呼んでくる。

「あ、はい……そうですけど」

「ちょっと待って。やっぱり……うわ、まじか」

なにがなんだかわからない。亜衣が訝しげに「あの」と声をかけると、男性は我に返ったように社員証を返してきた。

「悪い。あの、覚えてないと思うんだけど、俺、久保。久保尊仁。同姓同名の人違いじゃなければ、中学一緒だったよな？　ここからちょっと離れた三中に通ってなかったか？」

三中、亜衣が通っていた中学校はそう離れていない場所に第一中学校、第二中学校、第三中学校とあり、そこに通う生徒たちは略して一中、二中、三中と呼んでいた。

そして彼が名乗った久保尊仁は、忘れるはずもない、亜衣の同級生だ。

「久保……って、あの、久保くん？」

「あのが、どの〝あの〟なのかわからないけど、そう……久保くん。久しぶり。まだこの辺りに住んでたんだな」

彼は懐かしさと嬉しさを含んだような声でそう言った。

顔はぼやけていてよく見えなかったものの、亜衣の中で男性の顔が懐かしい同級生の顔と重なっていく。

尊仁とは不思議な縁があったが、特別仲のいい友達というわけではなかった。

それでも、亜衣にとって彼は特別な存在だったのだ。

言われてみると、彼の声には懐かしい響きがある。

亜衣は、彼と知り合うきっかけになった出来事をふと思い出していた——。


中学時代、亜衣はクラスでも目立つ方ではなかった。あだ名こそ〝委員長〟だったものの、成績は中の中で、あだ名は眼鏡と真面目さを揶揄（やゆ）されたものだと理解していた。友達もそこまで多くはなかったから、誰からも見た目通りおとなしいと思われていただろう。

同じクラスの久保尊仁は、亜衣とは正反対にかなり目立つ存在だった。彼は一度見ると忘れられないほど日本人離れした整った顔立ちをしていて、常に学年トップの成績を収めていた。

アーモンド型の目を縁取るまつげは長く、少し厚めの唇は艶(つや)やかで、まるでお人形さんみたいに綺麗だった。彼の佇(たたず)む姿に目を奪われる生徒は多かったが、遠巻きに見つめる程度で話しかける人は少なかった。

完璧な美形に表情がないとあまりに冷たく怖く見えるものらしい。それに彼も彼で、話しかけてくる相手をけんもほろろに突き返すため、教師でさえ扱いに困り、なにを考えているかわからない男子生徒という印象を周囲に持たれていたと思う。

家庭環境が複雑だというのはみんななんとなく知っていた。

尊仁を「愛人の子」「親に捨てられた子」などと影で噂する男子生徒たちがいたからだ。本人が肯定も否定もしなかったため、本当のところはわからない。だが亜衣は、尊仁がそう噂されるたびに、まるで自分が言われているような気になってひどくやるせない思いをしていた。

周囲の男子生徒がふざけあっている中、彼は何事にも無関心で淡々としていた。それを大人っぽいと捉えた女子生徒たちにモテていたのはたしかだ。そしてそれを気に食わないと思っていた男子生徒もいた。

目を閉じるたびに長いまつげが目の下に影を落とす。「その憂い顔がいい」などと言っては、彼の顔を一目見ようとする女子たちが多かった。眠かっただけなのでは、と亜衣からしてみれば首を傾げてしまう動作にも周囲は浮き足立った。

キャーキャー言われていることに気がついていないはずもないのに、尊仁はまるでそこに誰も存在しないかのような態度を崩さなかった。なににも興味を示さず、いつもつまらなそうにしていた。

亜衣が知っている限りでも、尊仁を好きだと言っていた女子は片手では足りなかったはずだ。だが、彼は告白してくる女子と付きあいもせず、かといって必要以上に男子と話さなかった。すると「愛人の子」だと陰口を叩いていた男子生徒が、あまりに反応を示さないことをおもしろくないと思ったのか、彼に執拗に絡み始めた。そこにはモテる彼に対しての、僻みもあっただろうと思っている。

そして中学二年のある日。

下校時間になり亜衣が帰ろうとすると、どこからか怒声が響いてきた。帰宅部は少なかったため、門の近くには亜衣のほかに誰もいなかった。

声は門から数メートル離れた用具入れの裏から聞こえてくるようだ。そこには男子が複数人いて、誰かを囲んで立っている。

関わりにはなりたくない。けれど、そのまま通り過ぎることもできず、亜衣は門の近くで愕然と立ち尽くす。囲んで立っていた男子生徒が円の中心にいる男子生徒の腹を殴った。悲鳴が漏れそうになり亜衣は口元を手で覆った。なんと中心にいたのは、同じクラスの久保尊仁だったのだ。

「お前、父親がいないんだろ？」

「捨てられたらしいじゃん！」

周囲にいる男子生徒たちの楽しげな笑い声が聞こえる。尊仁は彼らを一瞥すると、興味ないとでも言いたげにため息をついた。

「だからなんだよ」

「なっ」

「父親がいないことで、なにかお前らに迷惑かけたか？」

尊仁が冷たく言い放つ。それがよけいに彼らの苛立ちに火をつけてしまったのか、いきり立った一人の男子生徒がさらに尊仁を殴った。

（どうしよう、誰か呼ばなきゃ……っ、先生！）

亜衣は慌てて周囲を見回すが、通りかかる人はおらず、さらに普段は校庭で部活動をしている野球部もいなかった。亜衣が踵を返し職員室に先生を呼びに行こうとすると、胸ぐらを掴まれている尊仁と目が合う。

『やめろ』

彼の目がそう言っていた。

尊仁の胸ぐらを掴んだ男子生徒が尊仁の顔面を殴ると、焦った周囲が慌てて彼を止めにかかる。

「ばれたらどうするんだ！」という声も聞こえて、そんなに慌てるなら最初からこんなことしなければいいのに、と口には出せず腹が立ったのを覚えている。

結局、尊仁が言い返しもやり返しもしないため飽きたのか、男子生徒たちはつまらなそうにその場をあとにした。

亜衣は慌てて近くの水道でハンカチを濡らし、尊仁に駆け寄る。

「大丈夫……っ？」

赤くなっているだけで、血は出てなさそうだ。亜衣がそっと口元を拭おうとするが、尊仁に手で制される。

「冷やしておいた方がいいんじゃない？」

亜衣が尊仁の手に無理やりハンカチを押しつけると、彼は嘆息して手にしたハンカチを顔に押し当てた。一瞬眉根を寄せた彼の表情で、痛むのだとわかった。

「先生、呼ぶ？」

「よけいなことをすんなよ。親、呼ばれるだろ」

絶対に言うなという感情が、睨むように細められた目から伝わってくる。

同時に、そうかだから彼は言い返さなかったのかと納得した。

「お母さん、心配するもんね」

亜衣が言うと、ぱっと顔を上げた尊仁が驚いたような顔をする。心配かけたくないのかと思っただけなのだが、どうして驚くのだろう。

それきり会話が止まってしまい、微妙な空気になる。亜衣は「じゃあ」と言って帰ることもできずその場に座り込んだ。

尊仁が心細そうに見えて、一人置いて帰るのは忍びなかったのだ。

目を丸くした尊仁はどこか子どもっぽくて、頼りなさげだった。彼も亜衣と同い年の普通の男の子だ。自分とは関わりのない遠い存在だと思っていた尊仁に、少しだけ近づいたような気がした。

「聞いてたんじゃないのか、愛人の子だって話。お前だって、本当は気になってるんだろ？」

尊仁は冷たい眼差しを亜衣に向けながら、どこか自嘲的に言った。

「気になってるっていうか……たとえそれが本当だとしても、お父さんのことって久保くんになにか関係があるの？　お父さんが誰でも、久保くんは久保くんでしょ？」

彼とは一度も話した覚えがないのに言葉がすらすらと出てくるのは、彼と自分に母一人子一人という共通点があるからだろうか。亜衣は、今までずっと自分に言い聞かせていた言葉を、そのまま尊仁に告げた。

父親がいなくても、父親が「堕ろせ」などと言う最低な人でも、自分は自分。自分にとっての親は母だけで、いもしない父親を恨みはしない。そんな暇があるなら精一杯幸せになるべく努力をするべきだ。

「それに……私こそ、そうだから」

「え……？」

「愛人……じゃないけど。血の繋がった父は、べつに家族がいるんだって。私にはお母さんがいるからどうでもいいんだけどね」

すると尊仁は、言葉を探すように、ゆっくりと口を開いた。

「そんな風に……割り切れるもんか？」

「だって……両親が揃っているから幸せなわけじゃないでしょ。両親が揃ってたって不幸な人もいると思う。自分がどうやって生きるかだって私は思ってる。私は、大人になったら安定した会社に入って、お母さんに楽をさせてあげるんだ」

「お前は、すごいな。尊敬する」

「そんな大層なものじゃないよ。私も久保くんくらい頭が良かったら、いい会社に入れると思うんだけどなぁ。あ……まだ血が出てるよ」

尊仁の唇の端に血が滲んでいた。亜衣は彼の手にあるハンカチを取って、唇をそっと拭う。けれど、傷口を直接擦ってしまったのか彼が盛大に顔を顰めた。

「いってっ！」

「ご、ごめんねっ！　ど、どうしよう……洗った方がいい？　保健室行く？　ばい菌入ったら……」

亜衣は慌てて立ち上がろうとして、はたと動きを止める。蹲（うずくま）っている尊仁が膝に顔を押し当てて肩を震わせていたのだ。

「そんなに痛かった……っ？　本当にごめんね、泣かないで」

「泣いてねぇ！」

もしかしたら、彼は笑っていたのかもしれないと気づく。目が潤んでいるように見えるのも、笑っていたせいなのか。

（久保くんって、笑うんだ……）

笑った顔を見てみたかったな、となぜか惜しい気持ちになった。彼はすぐに「じゃあ」と言って立ち去ってしまい、もう少し話していたかったと思ったのは、後ろ姿がかなり遠ざかってからだ。

後日、洗ってアイロンをかけたハンカチを返されて「助かった」と言われた。それだけで、友情が芽生えたわけでも、恋が芽生えたわけでもない。

ただ、それをきっかけにして尊仁が〝気になる男の子〟になったのはたしかだ。そして、母一人子一人、亜衣と同じ環境に育つ尊仁に仲間意識を感じてもいた。

彼もまた同じだったのか、亜衣と偶然会った時には、挨拶をしてくれるようになった。「よう」とか「じゃあな」とか、たった一言だったが。

そしてふとした時に、亜衣はほかの女子生徒と同じ行動を取っている自分に気づく。

彼を盗み見ては胸を弾(はず)ませて、彼から話しかけられるだけで満たされた。今日は話せた、明日も話せたら嬉しい。そんな風に、毎日、尊仁のことを考えた。

尊仁とは結局、中学を卒業するまで、友達にもなれなかった。

卒業式の日、もう彼に会えないのだと思うと、切なかったし、悲しかった。

その時ようやく、自分が尊仁に恋をしていたのだと気づいたのだ。

「とりあえず、近くの眼鏡店に行けばいいか？」

そう声をかけられて、昔の思い出に浸っていた亜衣ははっと我に返る。

自分が二十八歳になったように尊仁も同じだけ年を重ねている。なんだか互いに社会人であることが不思議で、亜衣は彼に対してどういう態度を取っていいかわからなくなった。

「あ、うん……お願いします」

敬語が入り交じったような話し方になってしまったが、彼はなにも言わなかった。

「たしか、ちょっと離れたところにあったような……タクシーで行こう」

尊仁が歩きだし、亜衣も着いていこうとする。が、数歩歩いただけで、彼と自分の間に差ができる。決して尊仁の歩くスピードが速かったわけではない。

おそらく亜衣を気遣って尊仁はゆっくりと歩いてくれていた。それよりもさらに亜衣の歩くスピードが遅かっただけで。

「もしかして、足が痛むのか？」

亜衣が片足を引きずりながら歩いているのに気づいたらしい。振り返った尊仁が近づいてくる。

いくら同級生とはいえ、さすがに申し訳なくなってくる。眼鏡を割られたのはたしかだが、面倒なことに巻き込んでしまった。

「あ、ちょっと、先月挫いちゃって」

「病院には行ったか？」

ふりなのかどうかはわからないけれど、尊仁が案じるような声で聞いてきた。

亜衣は首を横に振って答える。

「ううん。まだ……保険証届いてないから」

「まだ？」

「先月、仕事を辞めて保険証が切り替わったの。捻挫なら、湿布貼っておけば治るだろうって放置してたんだけど、まだ痛みが引かなくて」

尊仁に突っ込んで聞かれて、つい仕事を辞めた話をしてしまった。

もっと上手くこの場を切り抜けられる方法もあっただろうが、いろいろな事が重なり疲れていたからか、弱音がこぼれ出てしまう。

「見せて」

尊仁がしゃがみ込み、足首にそっと触れてきた。

「久保くんっ!?」

「あぁ、かなり腫れてるな。立っているのも痛いだろ？」

「ま、待って。見なくていいから！」

靴下は毛玉だらけだし、靴だって履き古したスニーカーだ。パンプスは痛くて履けなかった。

べつに見栄を張りたいわけではない。

ただ、初恋の相手に、現在無職だと伝えなければならないのがいたたまれなかった。それに、こんな格好の時に会いたくなかった。普段はもっときちんとした格好をしているのだと言い訳をしたい気分になって、恥ずかしさで気持ちが落ち込んでいく。

「悪い。痛かったか？」

「そうじゃないけど……」

昔、好きだった人だ。

その人にぼろぼろの姿を見られて、嬉しいはずがない。恋人がいたことはなくとも、亜衣にだって女心くらいある。

もし尊仁と再会するとわかっていたら、もう少し綺麗な格好をしていたし、化粧だってしたはずだ。だって、初恋の人に再会するなら「綺麗になったな」くらい思ってほしい。地味な顔立ちは変えられなくとも、せめて、せめて一ヶ月前の会社帰りであったならば。

(久保くんは、どう思ったんだろう。二十八歳にもなって女らしい格好一つできないのかって思われたんじゃ……どうしよう、恥ずかしい)

目の奥が熱くなってくる。

悲しいわけでもないのに、逃げだしたいほど恥ずかしくて堪らない。

不倫相手に間違われ突き飛ばされた時の悔しさまで蘇ってくると、溢れた涙が堪えきれなくなった。

「どうした？」

尊仁に優しく声をかけられると、よけいに自分が情けなくなってきて、涙が止まらなくなってしまう。

（なにやってるんだろう……私）

足はじんじん痛むし、不倫疑惑でクビになるし、いいことなど一つもない。

誰かも知らない相手に暴力を振るわれて、肩には青あざができた。

どうして真面目に生きてきただけの自分がこんな目に遭わなければならないのか。

おそらく、いろいろと限界だったのだろう。悔しさや、恥ずかしさ、悲しみが一気に押し寄せてきて、ぼろぼろと涙がこぼれる。

「い、痛い……」

「泣くほど痛いのかっ？」

焦ったような尊仁の声が下から聞こえて、亜衣は小さく頷（うなず）いた。

足首の痛みのせいで涙が出ているだけ。尊仁にはそう思ってほしい。こんな惨めな気持ちなんて、絶対に知られたくなかった。

懐かしさで、再会した初恋の人に甘えたくなってしまっていることも。絶対に。

「とりあえず病院に行こう」

「で、でも……っ」

亜衣はしゃくりあげながら大丈夫だと首を振った。けれど、尊仁は泣くほど痛いなら行くべきだと亜衣を説得してくる。

「保険証なくても、立て替え払いをしておけば大丈夫だから」

それはわかっている。ただ、一度は十割負担で払わなければならず、実はその費用を惜しんでいるのもあった。あとから返ってくるとわかっていても、足の痛みと手続きを考えると面倒でしかない。

「手持ちそんなにないから、やっぱりいいよ」

「大丈夫だから。お前はなにも心配しなくていい」

尊仁はそう言うと亜衣の脇に手を入れて、身体を抱き上げてきた。突然足が浮き上がり、驚いた亜衣は尊仁の腕を掴んでしまう。

「きゃ……っ、く、久保くん⁉　なに⁉」

「危ないからじっとして。病院に連れていくだけ」

「そ、そんなこと言われても！」

尊仁は思っていたよりもずっと逞(たくま)しい体つきをしているらしく、亜衣を横抱きにしながらも危なげない足取りで歩く。昔から背が高いのは知っていたが、あの頃はまだ少年の域を出なかったのだとこうして触れてみると初めてわかる。だがそれよりも、身体が密着している状況に動揺して全身が硬直してしまう。ぴくりとも動けない。

当然、中学の頃こんな風に抱き上げられた覚えはない。大人になった尊仁の行動が意外過ぎて、亜衣はただただ目を丸くするばかりだ。

(これ……お姫様抱っこ……っていうやつじゃ……)

亜衣は、男性とこれほどまでに近づいた経験は皆無だ。緊張と恥ずかしさで下ろしてとも言えず、顔を真っ赤にして俯く。

もしかしたらこのまま病院まで運ばれるのではと思っていたが、彼の腕の中で揺らされているのはそう長い時間ではなかった。

病院へはタクシーで行くつもりらしく、尊仁は乗り場に着くと亜衣の足に負担がかからないようにそっと下ろしてくれた。

到着したタクシーに乗り込むと、尊仁は近くにある整形外科の名前を運転手に伝える。

「足を挫いたって、どうしたんだ？　転んだのか？」

「うん……そんな感じ」

まさか不倫相手と間違えられて突き飛ばされた、などと言えるはずもない。尊仁は疑ってはいないようで「ほかに怪我は？」と聞いてきた。

「大丈夫。ほかは打ち身だけだったから」

「よっぽど派手に転んだんだな。気をつけろよ」

ほんの五分ほどで整形外科の前に着いた。支払いをして先に降りた尊仁に手を差しだされて、動揺しながらも断ることもできずにその手を取った。

(なんか……こんなに優しくされると……困るよ)

中学の時の彼は近寄りがたい雰囲気があって、話しかけるのも躊躇(ためら)うほどだったのに。女性の扱いが上手いのか、慣れた感じがしてどうしたらいいかわからなくなる。

亜衣に誰かと付きあった経験でもあったら違っていたのかもしれないが、こうして手を繋ぐ経験すらないのだ。

「あっ、タクシー代……ごめんっ」

当たり前の顔をして尊仁に払わせてしまったと気づく。眼鏡はまだしも病院に連れてきてもらっておいて、金を出してもらうのは違うだろう。

亜衣が慌てて財布を出そうとするが、いいからと手で止められてしまう。そしてふたたび亜衣の身体を抱きかかえた彼はスタスタと病院の中へと入っていく。

「えっ、また!?」

急に浮き上がったため、悪いとは思いながらもがしっと彼の肩に掴まった。

堪えきれなかったのか、尊仁が肩を震わせて笑いだす。亜衣は恥ずかしいやら申し訳ないやらで頬が熱くなってくる。

「慌て過ぎだ。本当にいらないから」

「いや、でも」

「ここで再会したのもなにかの縁だろ？　こういう時は頼って」

「なにからなにまで……ごめん」

「謝ってばかりだな」

「ご、ごめ……あっ」

ふたたび「ごめん」と口に出しそうになると、頭上で彼がぷっと噴きだしたのがわかる。笑っているのはわかるが、もう少し近づかないと顔ははっきりと見えない。

それがなんだかとても残念に感じる。

（どんな顔で、笑ってるんだろう）

あの頃、尊仁の笑った顔は結局見られなかったから。彼がどんな風に笑うのか、一度くらい見てみたかった。

（久しぶりに会ったからって……引きずられ過ぎ、私）

中学時代の初恋だ。もう十年以上前なのに。

高校に入ってしばらくは何度か思い出すこともあったが、社会人になり新しい人付きあいができるうちに彼を思い出さなくなっていった。

たまに来る同窓会の案内を見て、どうしているだろうと頭をよぎってもそれだけだった。

それなのに、気持ちが昔に引きずられているのか、胸が高鳴りやたらとドキドキしてしまう。昔はなかった彼との触れあいがそうさせているのか、どん底に落ち込んでいたところに優しくされて、気持ちが浮き足立っているだけなのかはわからないが、尊仁の顔が見たいだなんて胸をときめかせるのは、いくらなんでもおかしい。

尊仁が受付を済ませてくれる間、亜衣はぼんやりと彼の背中を見つめていた。

昔は、こんなによく喋(しゃべ)る人ではなかった。あの一件以降は、話しかけられるタイミングもなく、挨拶をするのが精一杯だったのだ。

今ならいろいろと話せるだろうか。

どうしてあのポストがある場所にいたのか、まだこの辺りに住んでいるのか、家族は元気でいるのか。

そんな他愛もない話を、本当はあの頃もしたかった。

そうこうするうちに順番がやってきて、尊仁と共に診察室に入った。撮ったレントゲンを見ているのか、向かいに座る医師は低い声で言った。

「靭帯断裂しかかっていますよ。こんな状態で、あなたよく歩いてましたね」

「痛み止めを飲んでいたので……」

「それじゃ根本的な解決にならないってわかるでしょ。もっと早くに来れば、とっくに治ってましたよ」

「す、すみません……」

医師はなにやら看護師に指示を出すと、亜衣の足首をがっちりと固定するようにテーピングされた。

足を固定されるだけでもかなり痛みがマシになったような気がするが、それを言ったら気のせいだと尊仁に怒られた。

「しばらくこうして固定ね。お風呂はいいけど上がったあと、しばらくは自分でテーピングしておいてください。やり方教えますから」

「はい、ありがとうございます」

診察室を出ると、亜衣が落ち込んでいたのがわかったのか、尊仁が気にするなとでもいうように背中をぽんぽんと叩いてくる。

彼の前でこれ以上かっこ悪いところを見せたくなんてなかったのに、医師に叱られているところまでばっちりと見られて、恥の上塗りだ。

「とりあえずギプスで固定するほどじゃなくてよかったな。会計してくるから、ちょっと待ってて」

「えっ、や……待って！　支払いは私がするから！」

足りなかったらＡＴＭで下ろそう。そう思って言うが、尊仁は聞こえないふりをして会計を済ませようとする。さすがにそこまで世話にはなれない。

「だめだってば」

亜衣は慌てて待合室のソファー席から立ち上がる。よたよたを歩きだすと振り返った尊仁がぎょっとしたように亜衣を止める。

「危ないから座ってろよ」

「だって！　そういうわけにはいかないよ」

「ちょ、あぶな……っ！」

尊仁の方を向いて話していたため、亜衣は前を向いていなかった。ごんっと額になにかがぶつかり、したたかに打ちつける。

「おい、大丈夫かっ？」

目の前がチカチカして思わずしゃがみ込むと、尊仁も同じように亜衣と目線を合わせて聞いてきた。

(もういや……っ、なんでこんなことばっかり)

全身から火が出そうだ。鏡で見なくとも顔が真っ赤に染まっているのがわかる。

大丈夫とも大丈夫じゃないとも言えなかった。

手を前に出してみると白い柱がある。これにぶつかってしまったのだろう。恥ずかしいやら、痛いやらで、しばらく立ち上がれなかった。

「お前……っ、だから座ってろって言ったのに……っ」

尊仁は堪えきれないといった様子でくすくすと声を立てて笑った。亜衣が悄然としているのがそれほどおもしろかったのだろうか。

「だ、だって……！　久保くんが全部払おうとするから！」

「今、あまり見えてないんだろ？　金出すのだって一苦労だろうが。だからいいって言ったんだよ。そんなに気になるならあとで返してもらうから」

「久しぶりに会ったのに、こんなところばっかり見られて……もう、やだ。恥ずかし過ぎる」

尊仁に支えられてなんとか立ち上がると、亜衣は両手で顔を覆い隠して俯いた。

無職であることを知られるだけでもいたたまれないのに、医師に怒られるわ、柱にぶつかるわ、今日は踏んだり蹴ったりだ。

尊仁は亜衣の腰に手を回すような体勢で立った。

やはりその近さにドキドキしてしまう。なんだかいい匂いがするし、触れるコートの感触がやたらと手触りが良く高そうな生地だしで、落ち着かない。

「あぁ……たしかに、落ち着きのある美人だったあの〝委員長〟が、案外抜けてるところがあるなんて思わなかった。いや、知ってたか……俺が怪我した時にハンカチ持って慌ててたの、いまだに忘れられないもんな」

思い出してさらにおもしろくなってしまったのか、尊仁はまだ笑っている。触れあったところから彼が震えているのがわかって、意図せず笑いを提供できてもまったく喜べない。

「もうっ、そんなに笑わなくてもいいじゃない！　委員長なんて久しぶりに呼ばれたし……しかもあの時やっぱり笑ってたんだ！　ひどい！」

「悪い。可愛いなぁって思っただけだよ……つか、本物の威力半端ないな……」

顔は見えないのに尊仁が柔らかく笑ったのが声でわかった。ぼそりと呟かれた後半はよく聞こえなかったけれど。胸がぎゅっと苦しいくらいに詰まり、さらに顔に熱が集まってくる。

（可愛いって、ちょっと、口が上手過ぎない……？）

いったい誰を見てそう言っているのか。整った顔立ちの彼と違って、亜衣は誰が見ても平凡な顔つきだ。彼だって見ればわかるはずだし、ぼろぼろのこんな姿を前にしてよく言えたものだ。

「か、可愛いって」

それなのに、嬉しいと感じてしまう。

冗談だとわかっていても、頬が緩みそうになる。

尊仁は会計を済ませて「行こうか」と亜衣の腰に腕を回してきた。自分の心臓の音が彼に聞こえるはずもないのに、やたらと緊張して吐く息にさえ気を使う。

病院の外にあるタクシー待ちのスペースには誰もいなかった。ベンチに座ると、尊仁の肩がとんと当たる。コートを着ていても寒いくらいなのに、不思議と尊仁と触れあっている左側がやたらと熱い。

なにか喋らなければ、と口を開こうとして、気づいた。

タクシーが来たら、もう帰るだけなのだと。

こんな風に再会しても、二度目の偶然はない。おそらく、このまま互いに連絡先すら聞かない。

「ありがとう、今日は助かったよ」そう礼を言って終わりだ。

眼鏡店に連れていってくれると言っていたけれど、さすがに病院のあとそこまでしてもらうのは忍びない。すでに一時間以上付きあわせてしまっているのだ。尊仁にだって用事があったかもしれないのに。

(あとは……このまま別れるだけ……)

これで終わり。会えなくなる。そう思うと不思議と寂しさで胸が詰まる。

ここ最近嫌なことばかりで、久しぶりに誰かの優しさに触れたからだろうか。尊仁と離れがたくて「ここまでで大丈夫」そんな別れの言葉が出てこない。許されるならもっと甘えてしまいたくなってくる。

亜衣が黙っていると、なぜか彼も迷っているような様子でこちらを見てくる。目が合って、それでもどちらも押し黙ったままだった。

微妙な空気のまま数十秒は経っただろうか。尊仁が躊躇いがちに口を開いた。

「なぁ……今は、一人か?」

なんの話だろうと一瞬戸惑ったが、中学の頃は母と二人で暮らしていたからだとすぐに思い至る。地元にいるため、まだ実家で暮らしているのかと聞いているのだろう。

「今は、一人暮らしだよ」

「そういう意味じゃないんだけど、知りたいことはわかったからまぁいいや。じゃあ、明日の予定はなにもない？」

尊仁はそう言って苦笑した。

そういう意味じゃない、とはどういう意味だろう。

亜衣は首を傾げるが、突っ込んでは聞けなかった。

「うん、特には」

「眼鏡、どうするか。おそらくあと一時間くらいで閉店だし、今日頼んで明日受け取りでもいいか？　俺も明日は休みだし、眼鏡がないお前を放っておけないから、受け取りに行くまで付きあう。今日はうちに泊まれよ」

「え、え……？　泊まれって！　眼鏡はいいよ、明日にでも自分で作りにいくし大丈夫だから！」

突然なにを言いだすのかと思えば、まさか泊まれとは。

さすがに受け入れられるはずもなく亜衣は顔の前でぶんぶんと手を振った。だが、彼は少しも引く様子を見せない。手を取られて「だめだ」と言い切られてしまう。

彼の手が熱いのか、自分の手が熱を持っているのかわからない。指先をきゅっと握る手が大きくて、大人の男性なのだと改めて感じる。

「あの、手……」

恥ずかしくて、彼の手から逃れようとするが、逆に逃さないとばかりに強く握られてしまう。

「お前、逃げそうだから」

「に、逃げないよ！」

「歩いてるだけで俺にぶつかるわ、柱にぶつかるわ。心配でこのまま帰せるわけないだろ？　俺も一人暮らしだけど、部屋は余ってるし問題ない」

どうしてか胸に安堵が広がり、亜衣は自分の気持ちに戸惑った。一人暮らしと聞いて、どうして安心するのだろう。むしろ危険ではないか。

「問題ないって……」

問題があり過ぎる。心配で帰せるわけないと言われても、一人暮らしの男性の家に泊まるなんてできるはずがない。男性経験がなくとも、女性としての危機感は備えているつもりだ。男性の部屋に行く意味がわからないほど子どもではないし、たとえ尊仁が善意で言ってくれているだけにしても、ここで了承するわけにはいかなかった。

（あ、こういう風に誘うの……久保くんには珍しくないのかな……）

中学を卒業してから十年以上経っているのだ。彼にだって恋人がいただろうし、女性を部屋に泊めるのも珍しくないのかもしれない。

けれど、亜衣は――。

（ショック……なわけじゃないけど……）

こうして男性と二人だけでいる経験すらあまりない。その方が珍しいとわかってはいる。亜衣の考えが固過ぎるのだろうか。

亜衣の懸念を悟ったのか、尊仁は怒るでもなく続けた。

「ゲスト用の寝室があるし、部屋はちゃんと鍵がかけられる」

そこまで言われると、あまりに自意識過剰な自分の態度が恥ずかしくなってくる。亜衣としても、尊仁がなにかしてくると本気で考えているわけではない。ただ亜衣の常識として、それは無理だと思っただけで。

「でもやっぱり、偶然会っただけなのに、そこまで迷惑かけられないよ」

「迷惑だと思ってたら、最初から誘わない」

一人で家にいるのは不安だし、眼鏡を作るまでは気が抜けない。迷惑ではないと言い切られると、彼に甘え、頼りたくなってしまう。

たしかにこのまま連絡先も聞かずに別れるのは寂しいと思っていた。もう少し尊仁と一緒にいたいとも思う。こんなにも自分を案じてくれるのに断るのも申し訳ない。

尊仁はそういうつもりで亜衣を誘っているわけではない。純粋に心配してくれているだけなのだから、甘えてしまえばいいのでは。ぐらぐらと揺れる気持ちに拍車をかけるように尊仁が言う。

「テーピング、一人でできないだろ」

「なんとかなるよ……それに、久保くんだってできないでしょ？」

「できるよ。っていうか、それだけじゃなくて……本当に申し訳ないと思ってるんだ。替えの眼鏡があるならまだしも、一人でなにかあったらと思うとこの状態じゃ帰せない。どこかの階段から足を踏み外したらどうする？　一人暮らしなんだろ？　部屋の中でなにかあって、誰も呼べない状態に陥（おちい）ったら？」

尊仁はなかなか引いてくれない。それどころか、怪我をして一人で家にいる危険性を説いてくる。心配をし過ぎだとは思うが、尊仁の気持ちは嬉しい。もう甘えてしまおうか、亜衣が口を開こうとした時、彼が懐かしそうに目を細めて微笑んだ。

「それに、実は、昔もこんな風に話したかったんだ」

「え……」

どういうこと、と聞き返す前に、尊仁が立ち上がった。亜衣も手を引かれて立ち上がる。彼の視線の先に一台の車が見えた。どうやらタクシーが来たようだ。

「話し足りないから、もう少し一緒にいたいって言ったら……来てくれるか？」

尊仁の硬い話し方が中学時代の彼を思わせて、亜衣は目を丸くした。あの日、隣に座って、話していた時と同じだ。

すっと尊仁の顔がタクシーの方へと動いた。黒髪から覗（のぞ）く耳がほんの少し赤くなっているような気がする。ぼやけた視界では、尊仁がどういう顔をしているかまではわからなかったけれど。

「行こう」

腰に回された腕に強く引き寄せられた瞬間、ふわりと彼の匂いが鼻をくすぐる。尊仁のコートに顔が埋まると、寒さも、足の痛みも忘れて胸をときめかせてしまう。

耳元で囁くように言われた言葉は、亜衣にとって甘美な誘惑だ。話し足りない、もう少し一緒にいたい、そう思っていたのは同じだったから。

「うん」

亜衣が頷くと、表情は見えなくとも尊仁が微笑(ほほえ)んだのがわかった。

話し足りないと思っていたはずなのに、眼鏡店に行っても、尊仁のマンションに向かうタクシーの中でも、亜衣は緊張を隠せずあまり喋れなかった。

尊仁もまた、なぜか口を開かなかったが。

駅のロータリーでタクシーを降りると、すぐにまた尊仁に身体を支えられる。

尊仁の住んでいるマンションは同じ品川区内で、亜衣が利用している路線とは違うもののそう遠くはなかった。ただ踏切を二ケ所越えなければならず、渋滞していたため、車では三十分ほどかかった。

「ここ?」

複数の乗り入れがある駅に隣接する高層マンションは、一階が商業施設になっていて、マンシヨンのエントランスは二階にあった。

この駅は乗り換えで何度か利用したことがあり、来るのは初めてではない。ただ、亜衣が住んでいる街と違い、ビジネス街という印象が強かった。学生や若者の姿はあまり見られない。

「あぁ、エレベーター呼ぶから、一回腕離すぞ」

尊仁は亜衣の身体から腕を離して、エレベーターホールの中央にあるボタンを押すと、ふたたび亜衣の身体を支えるようにして腕を回した。

(よく見えないけど、すごいマンション。一人暮らしって言ってたけど、お母さんは前と同じところに住んでるのかな?)

もしかしたら、実家に帰ろうとして亜衣と偶然会ったのかもしれない。今、亜衣が住んでいるアパートからそう離れていないところで暮らしていたはずだ。今さらだが、彼の用事を邪魔してしまったのではないかと思い至る。

「いつからここに住んでるの?」

「大学卒業してすぐくらい、かな」

案内された尊仁の部屋は、彼の性格を表すかのように玄関から整然としていた。光沢のあるタイルの玄関に、亜衣の脱いだスニーカーはあまりに不似合いだ。

「お邪魔します」

左右にいくつかドアがあり、正面がリビングだった。おそらく一般的な3LDKの造りだろう。

（頭、よかったもんね……一人でこんな部屋に住めるなんてすごいな）

賃貸かもしれないが、それでもここの家賃は安くないはずだ。きっと安定した企業に就職したのだろう。彼のことだ、自分で会社を興したとも考えられる。

（でも、俺に着いてこいってタイプじゃなさそうだったけど……いつまでも、中学の頃のままじゃないもんね）

誰ともつるまずに、ピリッと張り詰めた空気でいた彼を思い出す。だが亜衣は、彼の中学時代しか知らないのだ。どんな高校時代、大学時代を過ごして社会人になったのか、なにも知らない。

「あ、そうだ！　病院代いくらかかった？　タクシー代も払うから教えて」

バッグをたぐり寄せて財布を捜すと、尊仁がそれを止めてくる。

「いや、いいってそんなの」

「よくないよ。じゃあ、お財布に入ってるお金全部ここに置いていく」

「強情だな」

尊仁が噴きだすようにしてそう言った。押し問答をしているのがなんだかおもしろくなってしまって、亜衣も同じように噴きだした。

「お金のことはちゃんとしないと。でも、ごめん。小銭がよく見えないから、できれば取ってほしい」

亜衣は財布ごと尊仁に手渡す。

「俺を信用し過ぎじゃないか？」

「信用するのは当然でしょう？　同級生ってことを抜きにしても、普通、ちょっとぶつかっただけの相手を病院に連れていったり、部屋に連れてきたりしないと思う。久保くんの方が、私を信用し過ぎだよ」

「そっか」

表情はよく見えなかったけれど、尊仁が嬉しそうにしているのはその場の空気で感じた。尊仁が返してきた財布をバッグにしまう。

「ちゃんときっちり返してもらったから」

「本当にありがとう。助かりました」

「もういいから、気にするなって。そういえば夕飯まだだよな？　適当に用意するから座って待ってろよ」

言われてみればなにも食べておらず、空腹だった。亜衣はお腹を押さえて、尊仁のあとに続いた。転ばないように慎重に足を進める。

「ありがとう。それなら私も手伝うよ」

「そう？　じゃあ適当にこれ皿に入れて」

キッチンで手を洗いながら、尊仁が冷蔵庫から保存用パックを取りだし並べるのを眺める。どうやら作り置きのおかずがたくさん入っているようだ。同じ形の保存用パックが整然と並べられていた。

食器棚から取りだした皿が置かれて、亜衣が箸をと言う前に、取り分け用のスプーンまで用意された。

「料理するんだね」

キッチンも綺麗に片付けられてはいるけれど、たくさんの物が置かれていた。炊飯器やオーブン、ブレンダーまで。普段から料理をしている人のキッチンという感じがした。

亜衣の問いに、尊仁は一瞬手を止める。そして取り繕ったように「まぁな」とだけ答えた。もしかしたら恥ずかしかったのかもしれない。

それ以上突っ込んで聞くこともできずに、見えないながらもなんとか料理を皿に移し終えて、テーブルへと運んだ。

リビングの中央に置かれたテーブルは真四角のガラス製で、少し離れたところにソファーが置かれている。亜衣は尊仁の斜め向かいに腰を下ろした。床暖房がついているのか、座るとほっとするような温もりが伝わってくる。

「飲み物、温かいお茶でいいか？」

「ありがとう。あ、私に気を使わないで、久保くんはお酒とか飲んでいいよ」

「あぁ、酒飲みたかった？　悪い、家に置いてないいんだよ」

「ううんっ、私も飲む方じゃないから」

彼は家で晩酌はしないらしい。亜衣も酒はたくさん飲める方ではなく異論はなかった。耐熱ガラスのティーポットで茶葉を蒸らし、真新しいマグカップにほうじ茶が注がれる。その手つきは慣れていて、普段から自分でこうしてお茶を淹れているのだとわかった。今の尊仁の生活が垣間見えたような気がして、大したことでもないのに嬉しくなる。

「あまりよく見えなくて、食べこぼしちゃったらごめんね」

テーブルに並べられた料理のぼんやりとした色は見えるが、実は皿に取り分けている時もなんの料理なのか匂いで判断するしかなかった。

「見えないと不便だよな。嫌いなものないか？　小皿に取れば食べやすいだろ」

尊仁は小皿に亜衣の分を取り分けてくれた。目の前に置かれた料理は色とりどりで、ふわりと食欲をそそる香りが立ちこめる。

「本当になにからなにまで……」

「いいんだって。誘ったのは俺だし。ほら、左側が牛肉のトマトソース煮込みで、右が豆と根菜のきんぴら、だし巻き卵、ポテトサラダ。食べられないものあったら残していいから」

「ありがとう。いただきます」

手を合わせて、一口サイズに切られただし巻き卵を食べる。料理上手なのはわかるが、これほどとは。女子力的に負けているかもしれない。

「美味しい……っ」

「それは良かった」

続いて牛肉のトマトソース煮込みを口に運ぶ。肉が口の中でほろほろと崩れて、じっくり味わいたいのに、噛まずに飲み込めてしまう。胃がますます空腹を訴える始末だ。

「そういえば仕事辞めたって言ってたけど、前はどういう仕事をしてたんだ？」

「営業事務だよ。スポーツ用品を取り扱ってる会社、ロケートって知ってる？」

「あぁ、都内にいくつか店舗があるな。行ったことはないけど。次の仕事探してるんだよな？」

「うん。時期が悪いのか求人少ないんだけどね」

どうして辞めたのかを聞かれるかと身構えていたが、尊仁はそれ以上聞いてこなかった。ただ、意外なことを言われて驚く。

「ちょうど俺の知り合い……っていうか友人の事務所で人員募集してたから、紹介しようか？事務処理をやってくれる人がほしいって言ってたんだ」

「いやいやっ、これ以上甘えられないよっ！　大丈夫、ちゃんと自分で探してるから！」

さすがに親切過ぎやしないだろうか。

亜衣が慌てて断ると、尊仁がなにかを取りだしてテーブルに置いた。

「そうか？　じゃあ、なにかあったら連絡して。名刺渡しておく。裏に個人のアドレスも書いておくから」

「うん。いろいろとありがとう」

名刺を受け取ったものの、字が小さくて見えなかった。それに、働き先が決まらないからといって彼に連絡はしないだろう。偶然会っただけでそこまで頼れないし、図々しくもなれない。ただ、社交辞令だとしても頼っていいと言ってくれるのは嬉しかった。亜衣は、なくさないようにバッグに名刺をしまう。

すると、あらかた食べ終えた尊仁は、なぜか緊張した様子で亜衣の方へと向き直った。自分の部屋なのに正座をし、膝の上で拳が握られている。

「あのさ、突然、こんなこと言われたら……引くと思うんだけど」

「なに？」

亜衣は箸を置いて、尊仁と同じように身体をそちらへと向けた。

「卒業してから、どうしてるんだろうって、ずっと気になってたんだ」

「あ、うん。私も……たまに久保くんのこと思い出してたよ。家庭環境のこととか、なんか勝手に仲間だと思っちゃってたから」

本人に言えはしないけれど、初恋だった。きっと彼も頑張っている、と自分を奮い立たせていた。卒業してからも亜衣を気にかけてくれていた。その言葉が嬉しかった。だから彼はここまで親切にしてくれたのだろう。

「俺も……同じだったよ。それに、好きだったから、お前のこと。今日、久しぶりに会えて嬉しかった」

「え……？」

一瞬、なにを言われたわからなかった。

尊仁が自分を好きだった？

まさか——。

あの頃、挨拶くらいしかしたことがないのに。亜衣にとっては初恋だったけれど、尊仁が亜衣を好きになる要素などどこにもない。

勝手に仲間意識を抱いた挙げ句に好きになってしまったが、連絡先すら互いに知らない。聞かれもしなかった。それで、好きだなんて。

「信じてないだろ」

「だって……話したこと、そんなになかったし……」

亜衣がぼそぼそと返すと、尊仁も照れているのか、同じような口調になる。

既視感があるのは、中学の頃、隣に座って話したあの日を思い出したからだ。

「あの頃、挨拶してたのはお前だけだよ」

「そう、だった？」

言われてみると、思い当たる節がある。

亜衣とは顔を合わせれば挨拶をしていたけれど、尊仁がほかの生徒と言葉を交わしているところを見た覚えがない。

あの頃、亜衣にとって彼は特別だったが、もしかしたら彼にとっても亜衣は特別だった――？

信じられないような思いの中に、喜びが湧き上がってくる。

そうか、好きでいてくれたのだと、自分たちは同じ気持ちでいたのだと。

「お前に、自分がどう生きるかだって言われて、それまでの自分が恥ずかしくなった。さすがにすぐには変われなかったけど、ずっと……お前みたいになりたいって思ってたんだ」

「それは……私が、自分に言い聞かせてたからで……」

「だとしても、あの日のことは俺にとって特別なんだ。父親は金だけ出すような男だけど、その金のおかげで今があるって、そう思えるようになったのは、間違いなくお前のおかげなんだよ」

射貫くような目で真っ直ぐに見つめられて、亜衣は言葉を紡げなくなった。

「あれから、お前だけが……俺に視界に入るようになった」

尊仁の手が伸びてきて、頬に触れられる。恐る恐るといった手つきで頬を包まれて、彼の身体が近づいてくる。

距離は一メートルも離れていない。

どんな表情をしているか見えなくとも、真摯（しんし）に気持ちを打ち明けてくる尊仁が冗談でこんなことを言っているわけではないのはわかる。

「休み時間のたびに目で追って……目が合うと嬉しくて。好きなのに、好きだって言えなかった。卒業する前に告白しておけばよかったって、何度も後悔したよ」

尊仁の顔がゆっくりと近づいてきて、息ができない。彼の息遣いさえ届きそうなほど互いの顔が近い。

（キス……するのかな……）

そういった経験などなくとも、このあと、なにが起こるのかわかっていた。それでも亜衣は拒絶しようとは考えなかった。

視界がはっきりとしてきて、長いまつげが瞬きのたびに揺れ動く。

こんな時なのに、視界いっぱいに広がる尊仁の顔をきちんと見ることができて嬉しいと思ってしまった。黒髪は緩くウェーブがかかっていて、無造作にわけられている。

（すごい、綺麗な顔）

あの頃と変わらないのはアーモンド型の目だけだ。高い鼻梁によけいな肉付きのないシャープな顎のラインは、少年特有の丸みは少しも残っておらず、硬質な印象を抱く。すべてが完璧で美しかった。子どもっぽさなど欠片（かけら）もないのに、変わらない目元には昔の面影があった。一見すると近寄りがたく、冷たそうに見えるところも変わっていない。

尊仁から目が離せない。もうすぐ唇が触れる距離に胸が高鳴った。触れたいと思った。触れてほしいとも。そんな自分の感情に戸惑いを覚えながらも、少しでも動いたらこの瞬間が終わってしまうと感じて、動けなかった。

「……っ」

唇が軽く触れる。上唇を啄(ついば)むように触れられて、ちゅっと軽い音が立つ。
キスをしたのも初めてで、目を開けたままでいいのか、それとも閉じればいいのかわからない。ただ、せっかく近くで顔を見られたのに、閉じてしまうのはもったいないと思った。

「ごめん」

「どうして、ごめん？」

亜衣が聞くと、照れているのか尊仁が目を泳がせる。

「俺の部屋に亜衣がいると思うと、我慢できなかった。強引に連れ込んで、こんなことして……そんなつもりはなかったなんて、言えない。ごめん」

顎をなぞるようにもう一度頬に手のひらが触れた。それよりも、亜衣と名前を呼ばれたことに驚いて、彼をまじまじと見てしまった。

尊仁はこういう行為に慣れているのかもしれない。名前を呼ばれただけでドキドキしてしまう亜衣とは違うのだろう。わかっていても抗(あらが)えなかった。

頭の片隅には「このまま流されたっていいことはない」と理性的に考える自分がいる。けれど、自分の本能がこの男に触れられたいと望んでいる。流されてもいいとさえ思ってしまっている。

「キスしたい」

尊仁の掠(かす)れた声が聞こえて、心臓が早鐘を打つ。

もう一度キスしたら、自分がどうなるかわかっていた。

きっと、亜衣は彼を好きになってしまうだろう。今だって、好きだと言われて、キスしたいと言われて、こんなにも喜んでしまっている。

亜衣の心が弱くなっているからかもしれない。懐かしい相手に会って、優しくされて、好きだと言われて浮かれているだけかも。

ただ、彼に好かれていると思うと、満たされて幸せな気分になった。キスしたいと思ってくれたのが嬉しかった。

ここのところ自分の価値がわからなくなっていたから。会社から厄介払いされ、今までの努力さえ認めてはもらえなかったから。

自分が彼を変えるほどのなにかをしたとは思えないけれど、誰かから必要とされている、認めてもらえることは素直に嬉しかったのだ。

「やっぱり、もう一回謝らせて」

「どうして？」

「キスだけじゃ……終われない」

はっと短く息を吐き、興奮したような彼の声が耳に届く。

その言葉の意味を考えて、頭が沸騰したかのように熱くなる。

いくら昔なじみとはいえ、再会したその日にこんなことをするのはだめだ。そう思うのに、理性的な自分よりも本能が勝る。自分の感情は、とっくに彼を受け入れたいと望んでしまっている。

頷くことも、拒絶することもできずに二度目に唇が重なった時、腰を強く引き寄せられた。座ったまま抱きしめられるような体勢で、彼の唇を受け止める。

熱っぽい息遣いや、愛おしいと言わんばかりに触れる指先が熱くて、離れがたい。もっとしてほしいとさえ思う。

「は……っ、ぁ」

ねっとりと唇の上を舌で舐められると、腰を重くするような不可思議な感覚が芽生えてくる。ワイシャツを掴んでいた手が取られ、背中に回される。身体を密着して抱きあっていると、互いの心臓の鼓動まで聞こえてきそうだ。気持ち良くて、幸せで、堪らないくらい胸がきゅうっと詰まる。

尊仁の舌先で閉じた口をノックされる。開けてと言われているのがわかって、亜衣はそろそろと口を開けた。

「ん……」

口腔内に入り込んでくる尊仁の舌の感覚が、驚くほどに心地良さをもたらした。唇を軽く食まれて、そっと歯茎を舐められると、頭がぼうっとしてくる。だが目は瞑らなかった。ようやく尊仁の顔を見られた。

鼻筋も、真っ黒な双眸も、脳裏に焼きつけておきたいくらい魅入られる。中学の頃、彼の顔に惹かれたわけではなかったが、今日再会してからずっと、こうして尊仁を見たかったのだとようやく気づいた。

「はぁ……んっ」

「亜衣」

無意識に口の隙間から漏れでた声が、誘うように甘さを孕む。

彼の声が、陶然としていた亜衣を少しだけ現実に引き戻してくれた。

「目、瞑って」

「このままじゃ、だめ？」

亜衣が尋ねると驚いたのか、彼は「どうして？」とふたたび問うてくる。

「だって……せっかく、見えたのに」

「見えたって？　なにが？」

尊仁は軽く唇を触れあわせながら、離れた隙に言葉を発する。

ちゅっちゅっと唇が奏でる水音が響く中、彼の声は外で聞いた時よりもはるかに甘ったるい。

それが亜衣を落ち着かなくさせた。

「久保くんの顔……さっきまで、あまり見えなかったから。こうして近づいた今は、やっと見える」

「やべぇ……本物が可愛過ぎる……」

慌てたように口元に手を当てた尊仁がなにを言っているのかはよくわからなかった。ただ、目を見張ったあと、嬉しそうにはにかんでいるのは見て取れた。亜衣は彼のこの表情をずっと見たかった。中学の頃から、笑ったらどんなに綺麗だろうと思っていた。

照れたように笑う彼の表情は、あの頃の少年っぽさをわずかに残している。ちょっとだけ可愛いと思ってしまったくらいだ。もっと笑ってくれればいいのにと願いながら、亜衣はそっと彼の頬に触れた。

「昔から、笑った顔、近くで見たいってずっと思ってたの。私も、久保くんが初恋だったんだ」

「俺は……なにかを試されてるのか？　今、そんなこと言われたら我慢とか無理だろ……」

試すとはなんだろう。彼はなぜか自分を落ち着かせるように深呼吸していた。

「あの……今じゃないと……言う機会ないと思って」

「どうして？　これから何度だって作ればいい」

これからも尊仁に会えるのか。

亜衣が目を見張ると、尊仁はなぜかふてくされたような顔をした。どうやら亜衣の表情で伝わったらしい。

「もう、会うつもりなかったのか？　やっと見つけたのに、離すわけがない」

やっと見つけた？　と聞き返す前にゆっくりと押し倒されて、両腕が上で一括りにされる。答える前に唇を塞（ふさ）がれて、先ほどの甘やかな口づけとはほど遠い激しいキスを贈られた。

「ん……ぅっ」

ぬめった舌で口腔内を激しくかき回される。じんっと下腹部に熱が集中するような痺れが走って、頭がくらくらしてくる。口の中に溢れた唾液を啜りとられ、口蓋まで舐め尽くされた。熱い舌が蠢くたびに、唇の隙間から荒い呼吸が漏れて、一括りにされた腕がぴくんと動く。

「はぁ……ん、ん」

「好きだよ。ずっと、忘れられなかった。だから、会わないなんて言わないでくれ」

額が押し当てられて、長いまつげの影が彼の目の下に落ちる。目を瞑っていても綺麗なのかと見惚れてしまい、すぐには返事ができなかった。

けれど、尊仁を愛しく思う気持ちはあの頃よりずっと強い。再会したばかりで彼のなにを知っているわけでもないのに。

流されているだけだとしても、今、亜衣が尊仁を好きだと思う気持ちに嘘はない。今まで、誰に対してもこんな気持ちにならなかった。中学時代に尊仁を好きでいたが、こんな風にキスしたいなんて感情はなかった。あの頃の穏やかな恋心とはなにかが決定的に違う。

彼をもっと知りたい。触りたい、触ってほしい。こうして抱きしめられると、堪らなく幸福な気持ちになる。これが愛しさというのだろう。

「私も……好き」

腕を掴む彼の力が緩む。

亜衣は腕を尊仁の背中に回すと、引き寄せるようにして抱きついた。

「本当に？」

亜衣が頷くと、覆(おお)い被さっている尊仁がほっとしたように身体の力を抜いた。

「恋人になってくれるか？　遠くない未来に、全部、俺のものになってくれる？」

眼前に迫る尊仁の顔は真っ赤に染まっている。そして話し声は緊張しているように低い。けれど彼は、亜衣の少しの感情も見逃すまいとでもいうように、潤んだ瞳を真っ直ぐに向けてきた。

「全部って……まさか」

暗に結婚をほのめかされるとわかり、嬉しいような恥ずかしいような気がしてくる。再会してたったの一日、もしこれで彼と結婚することになったら超スピード婚だ。

それもいいかな、と考えてしまう自分は、あまりに非現実的な出来事に踊らされているだけかもしれないが。

「全部、俺のものにしたい。ずっと、お前に会いたかった。忘れられなかった。亜衣が、欲しかったんだ」

「うん……でも、あの、私……誰とも付きあったことなくて」

彼は慣れていそうだ。二十八歳にもなってと呆(あき)れられてしまうかもしれない、そう思い恐る恐る尊仁を窺(うかが)い見る。彼は亜衣の言葉を噛みしめるようにして「初めて？」と聞き返してきた。

「俺をこれ以上、喜ばせないでくれ」

お喋りはここまでだと言うように荒々しく唇が塞がれて、貪(むさぼ)るように口づけられる。彼の顔を見ていたいと思っていたのに、気づくと目は閉じていて、熱い舌の動きをよりリアルに感じてしまう。

「ん、ん……っ」

息を吸う暇もないくらい、深い口づけに翻弄（ほんろう）されると、無意識に動いてしまった足がテーブルに当たった。食器が音を立てて、はっと我に返ったように唇が離される。

「こんなところでごめん。足痛いよな。ベッドに行こう」

「う、うん」

膝立ちになった尊仁に腕を引かれて、キスだけでふらついてしまった身体が胸の中に倒れ込む。難なく受け止めた彼はそのまま亜衣の身体を横抱きにして、寝室と思われる部屋のドアを開けた。

寝室は暗く、ダウンライトの淡い明かりだけがベッドを照らしていた。部屋の中央に鎮座するベッドにゆっくりと下ろされて、尊仁が覆い被さってくる。

どうしてこんな日に限って、分厚いトレーナーにフレアスカートなのだろう。尊仁は気にならないのか、熱に浮かされた瞳で見つめながらトレーナーを捲り上げてくるが、亜衣は恥ずかしさで泣きたくなってくる。かろうじてスカートなのは着脱が楽だからだ。毛玉だらけの分厚い靴下も、痛みでタイツが穿けなかったからだ。

尊仁に抱かれるとわかっていたなら、もう少しマシな格好をしていたのに。悔やんでも遅い。

「泣きそうな顔してるのは、嫌だから？　それとも怖い？　性急過ぎたか？」

尊仁が心配そうな声色で聞いてくる。亜衣に触れてくる手のひらは、驚くほど優しい。怖くも、嫌でもない。彼に誤解してほしくなくて、亜衣は慌てて首を振った。

「違う……違うの。いつもは、こんな格好じゃないのにって、思って」

それを言葉にするのすら、いたたまれない。

亜衣が両腕で顔を覆うと、その腕をゆっくりと外されて、額や頬に口づけが落ちてくる。

「可愛い格好するなら、俺の前だけにして」

愛おしそうに亜衣を見る瞳には、少しも嘲(あざけ)りの色はなかった。亜衣を安心させるためなのか、彼の声は若干からかい混じりだ。顔を赤らめながら亜衣が小さく頷くと、尊仁が服の上から腰を撫で上げてくる。

「まぁ俺は、中身が亜衣なら、外側はなんでもいいんだけど」

手際よくトレーナーを脱がされて、キスの合間にブラジャーのホックが外された。キャミソールで隠れた乳房を優しく包まれる。

柔らかな膨らみを手のひらで押し上げられると、得体の知れない疼(うず)きが下腹部から湧き上がってきた。

恥ずかしくて、少し怯(ひる)んでしまいそうになる。自分の身体が自分のものでないような感覚は未知の経験だ。

変に思われたらどうしようかと戸惑いの最中にいると、キャミソール越しに寒さで尖(とが)り始めた乳首を弄(いじ)られる。

「あっ、ん……」

自分の口から漏れた声があまりに淫靡で、亜衣は唇をぎゅっと引き結んだ。唇を噛んでいないと、おかしな声が引っ切りなしに出そうになる。

尊仁の指は硬くなった乳嘴を弾くようにますます淫らな動きを見せる。キャミソールを押し上げるほどに乳首はつんと勃ち上がっている。

「や……あっ、だめ……あんまり、しちゃ、やだ」

亜衣が泣きそうな声を漏らすと、尊仁はふたたび案じるように指の動きを止めた。

「ここ嫌か？」

「そこ、触られると、声……出ちゃうの。だから、あんまり……しないで」

羞恥に耐えながら言うと、噛みしめた唇に触れられる。

「恥ずかしい？」

亜衣は素直に頷いた。

好きな人にこんなあられもない声を聞かれるなんて、恥ずかしくて堪らない。できればずっと口を閉じていたかったけれど、尊仁に触れられるとおかしくなって、吐息のような声が我慢していても漏れてしまう。

「俺しか見てないし、亜衣の声は、俺しか聞いてない」

「久保くんだから、恥ずかしいの」

そう言うと、尊仁が小さく笑った。

初めての女を相手にするのは面倒だろうに、彼は亜衣のペースでと思っているのか、手を止めて聞いてくる。そこには少しも厭う様子はない。

「俺だから？」

「うん」

「俺は……亜衣がもっと気持ち良くなってるところが見たいし、声も聞きたい」

「でも」

「ほかの誰も知らないんだろ？　これからも俺だけに見せて。可愛いとは思っても、変だなんて絶対に思わないから」

宥めるような口づけが贈られて、亜衣は強張っていた身体から力を抜いた。すると、スカートが捲り上げられてショーツが足から引き抜かれる。

「や……なにっ？」

「もっと気持ち良くなれば、恥ずかしいのもなくなるかな、と」

尊仁はそう言うと、亜衣の足の間に顔を近づけてくる。

太ももを押さえられ、閉じることもできない。尊仁に力で適うはずもなく、ほかの誰にも見せたことのない部分を彼に晒している状態だ。

そしてまさかと思う間もなく、熱い舌で秘所を舐め上げられて、亜衣は背中を震わせた。

「ひゃっ、あ……やだ……っ」

ちゅっと淫猥な音を立てて秘裂に口づけられたような感覚がする。閉じた陰唇の谷間に沿って、ぬめる舌を上下に動かされた。

「あぁっ、んっ、そ、んなこと……舐めちゃ、あぁぁっ」

狂おしいほどの快感が突き抜けてきて、声を我慢するどころではない。開いた膝ががくがくと震えて、舌が動かされるたびに身体の中心からなにかが溢れだしそうになってくる。

今まで知る由もなかった手段で快楽を教え込まれ、無垢な身体はあっという間に昂る。

「やっ、なんか……変になる……っ、やだぁっ」

下肢からくちゅ、ぬちゅっと卑猥な音が聞こえる。それがよけいに恥ずかしくて、亜衣は髪を振り乱して身悶えた。頭を振ったところで快感がなくなるわけではなかったが、そうせずにはいられなかったのだ。

「嫌でももう止められない、ごめんな」

嫌なわけじゃない。そう思っても、口から出るのは喘ぐような声ばかりで、自分の本心は伝えられない。

「はぁ、あぁぁっ、だめっ、あんっ」

気持ち良過ぎて、意識が遠のきそうになる。

舌でぬるぬると秘裂を擦られると、どうしようもないほど心地良くて、思うままに腰をくねらせてしまう。中心からとろりとなにかが溢れてきて、それを美味しそうにちゅるりと啜られる。

恥ずかしいのに、恥ずかしいとも思えなくなって、亜衣はいつの間にか彼の髪に指を差し入れ、腰を振り乱していた。

「ん、あぁ、あぁあっ、も……はぁ、はっ」

だめだと思うのに、波のように迫る快感に抗えない。

どうにかなってしまいそうで、尊仁の髪をくしゃくしゃに乱しては、彼の口に押しつけるようにして腰を浮き上がらせる。

「よかった。ちゃんと濡れてきた」

尊仁は蜜口に息を吹きかけるように囁くと、腕を伸ばしてキャミソールの中に手を忍ばせてきた。そして尖った乳首を爪弾(つまび)かれる。秘裂を舌でなぞられて、同時に乳首を弄られると、狂おしいほどの快感が脳天を突き上げる。

「胸……触っちゃ……あぁっ」

くにくにと乳嘴を捏(こ)ねられ、痛くない程度の力で引っ張り上げられる。

蜜口は彼の唾液だけではなく、溢れた愛液でぐっしょりと濡れそぼっていた。ぼんやりとした頭で尊仁の声を聞いていた亜衣には、恥ずかしいと思う余裕さえすでにない。

「はぁ、あぁっ、あ、あんっ」

舌の動きはますます激しさを増して、次から次へと溢れてくる愛液を美味しそうに啜り上げられる。甘いだけの快感はただただ気持ち良くて、彼の舌の動きに合わせるようにして自ら腰を揺らすのを止められない。

「もっと見たい。亜衣が気持ち良くなってるところ」

「やっ、ん」

くすっと小さく笑い声が聞こえて、乳嘴を摘まみながら手のひらで乳房を上下に揺らされる。胸からも焼きつくような強烈な快感が湧き起こり、びくびくと身体が震える。

「あぁ、あぁぁっ」

すると、陰唇を舐め上げていた舌先が、恥毛をくすぐるように動き隠れた花芽を露わにする。

「ひ、あっ」

そこをくりくりと舌先で突かれ、亜衣は背中を波打たせて甲高い声を上げた。びくりと震えた腰を押さえられ、さらにそこばかりを弄られる。

「だめっ、ひぁあぁぁっ！」

尊仁の顔に押しつけるように腰が浮き上がる。自分では止めようと思っても止められない。がくがくと腰を震わせて、悲鳴のような声が漏れでる。

怖いくらいに気持ち良くて、どうにかなってしまいそうだ。

陰唇を舐められる快感がわずかに思えるほど凄絶な心地良さに全身が火照って、どうすることもできない。

「初めはすごく狭いっていうから、痛くないように拡げるよ……力、抜いて」

言葉の意味を理解する前に、尊仁の指先がゆっくりと中へと入り込んできて、舌の動きと合わせるようにして動かされる。

「あっ……ん、やっ、一緒にしちゃ」

下肢からは引っ切りなしにぬちゅ、くちゅんと耳を塞ぎたいほどの淫音が聞こえてくる。頭の先からつま先まで快感に支配されているようだ。

指の腹で蜜口の浅い部分を擦られると、くすぐったいような、心地いいような感覚がしてきて、じっとしていられなくなる。立てた膝が揺れて、かかとでシーツを何度も蹴ってしまう。

「足、痛むようだったら言えよ」

尊仁に言われるまで、足の痛みを忘れていた。亜衣が軽く首を縦に振ると、動けないように腰を掴まれ、狭い媚肉を指でかき混ぜられる。

「気持ちいい？」

亜衣は首を横に振りながら、涙に濡れた目を向けた。

「わかんな……っ」

気持ちいいのに、なぜか苦しい。

指で柔襞を弄られるたびに、下腹部の奥がきゅんっと疼いて、堪らなくなる。物足りなくて、けれどそれをどう言葉にしていいかわからない。

「あぁ、足りないのか。もっとしてほしい？」

訳もわからずこくこくと頷くと、蜜襞をかき混ぜていた指が一度引き抜かれて、ふたたび押し込まれる。

「ひ、あっ」

「今、二本の指が入ってる。わかるか？」

指を増やされても、先ほどよりも強い圧迫感があるものの痛みはなかった。

それどころか、膣内を埋め尽くす尊仁の指が動かされるたびに、肌が粟立つほどの快感が突き抜けてきて全身が熱くなる。

「痛くはないな？」

優しく丁寧に身体を開かされるのが、もどかしくもあり、嬉しくもある。初めてだとは伝えたが、痛いのは当たり前だと思っていたから。

好きな人に触れられることが、こんなにも気持ちがいいとは思ってもみなかった。

「ん、気持ち、い……っ、指……」

艶めかしく喘ぎながら、彼の髪をくしゃりと混ぜる。

尊仁は髪が崩れるのも構わずに、徐々に指を深い部分まで押し込んでくる。指の腹で襞を擦られると、背中が震えるほどに感じてしまい、新たな愛液が溢れて彼の手を濡らしていく。

「もっと気持ち良くなって」

足の間から聞こえる尊仁の声は、亜衣の痴態に興奮しているのか、ひどく掠れていた。

指が胎内でバラバラに動かされて、ぬちぬちと卑猥な音を立てながら抜き差しされる。同時に、流れでる愛液を啜りとりながら、濡れた花芽に口づけられた。

「はぁ……ひ、あっ、あんっ」

彼の口に押しつけているような体勢で、がくがくと腰が浮き上がってしまう。涙のせいか視界が滲んで、目の前にもやがかかっているようだ。

「あぁぁっ、あ、一緒……だめっ、おかしく、なるっ」

頭の奥が痺れて、口を開けば喘ぎ声しか出てこない。指で弄られているところよりももっと奥がむずむずして、無意識に腰をくねらせ尊仁の指を締めつける。

けれど、湧き上がる焦燥感はなくなってはくれず、自分でもどうしていいかわからなかった。

「おかしくなっていい。もっと感じて」

「や、なの……怖いっ」

頭を左右に振るが、尊仁の舌の動きはますます激しさを増していく。

ぴんと尖った花芽を下から上に扱くように舐め上げられて、じわっと大量の愛液が噴きだした。

シーツがびっしょりと濡れていくのを感じると、消え入りたいほどに恥ずかしくなる。

彼の舌と指から逃げるように身悶えるが、両腕で抱えるようにして腰を掴まれていては身動きも取れない。

「なん、か……変になる、からぁっ……お、ねがいっ、も」

頭を振って、もう無理だと伝えるものの、舌の動きはますます淫らさを増していく。恥毛に鼻を埋めるようにして陰唇ごと貪られて、尖った花芽を強く啜られた。

唾液を絡ませた舌先で淫芽を下から上へとつぅっと舐め上げられるだけで、はしたなく蜜が溢れシーツを濡らす。

どうすればこの快感が終わるのか。早くどうにかしてほしい。

亜衣の頭の中にはそれしかなかった。

「もう達きたい？」

もどかしくて堪らず、亜衣は必死に首を縦に振る。

涙に濡れた目をそっと開けて、足の間に埋まる彼を見つめる。ぼやける視界の中で熱に浮かされたような瞳がそこにあった。

尊仁の赤い舌が動く様はひどくいやらしいのに、自分の身体を愛してくれているのだと思うと幸せでもある。

恥ずかしいのは嫌だ。けれど尊仁だから許せる。彼以外の誰にもこんな姿は見せたくない。彼だからだ。強くそう思った。

「こうするのは気持ちいい？」

尊仁は確認するようにそう言って、指の腹で陰核の裏側を擦り上げてくる。そして口に含んだ花芽をちゅるっと啜り上げながら唇で扱かれた。

「はっ、あ、あっ……だめ、それ……あぁあっ」

強い刺激に目の前がチカチカして、視界が真っ白に染まる。亜衣は尊仁の頭を掴みながら、背中を弓なりにしならせた。

「ひっ、あぁっ」

目を瞑ると、どこか深いところに落ちていくような感覚に陥る。もうだめだと背中を仰(の)け反(ぞ)らせた瞬間、身体の中心が焼けつくように熱くなり、痛いほどに媚肉が収縮する。

「も、ん……あっ、だめ――っ、あぁぁぁっ！」

淫らに蠢く蜜襞が彼の指を強く締めつけ、引き抜かれると同時に大量の愛液が飛沫を上げた。

腰がびくんびくんと浮き上がり、足先がぴんと張る。

空っぽの隘路がなにかを欲するように痙攣(けいれん)し止められない。強張った身体から一気に力が抜けて、全力疾走したあとのように力が入らなくなる。

「はぁ……はぁ、ふ……っ」

シーツに身体を泳がせてぼんやりと宙を見つめていると、覆い被さってきた尊仁に唇を塞がれた。火照った身体に伝わる、彼のワイシャツの冷たさが心地良い。

「気持ち良かった？」

素直に亜衣が頷くと、満足そうな尊仁がベッドの引き出しからなにかを取りだした。四角いパッケージのそれを一度口に咥えると、彼はワイシャツのボタンを外して、スラックスのベルトを引き抜く。

　抱き寄せられた時に逞しい体つきだと感じたけれど、やはり惚れ惚れしてしまうほど、綺麗な身体だ。男らしく浮きでた喉仏も、骨張った鎖骨も、引き締まった腰も。

　亜衣がうっとりと見つめていると、唇が重なり、耳元で囁かれる。

「俺のことも、気持ち良くしてくれるか？」

　それがなにを意味するかもちろんわかっていて、亜衣は迷うことなく頷いた。尊仁に抱かれたかったし、好きだと言ってくれる彼を信じていた。

　避妊具を屹立に被せた尊仁が、ふたたび覆い被さってくる。彼の重みを受け止めていると、欲望が押し当てられて、ぬるりと滑る感触がする。

「いきなりは、挿れないよ」

　荒く吐きだしたような声は興奮しているのかひどく掠れていた。尊仁の身体は熱く、汗の匂いが亜衣の鼻をくすぐった。まったく不快には感じないのは、きっと彼への愛おしさのせいだろう。

「痛くても、いいのに」

　本心からそう言うが、尊仁は苦笑しつつ首を振る。

「だめだ。無理にしたら膣に傷がつく。痛くしたくない」

　初めては出血すると言うけれど、痛いのが当たり前ではないらしい。痛みを覚悟していた亜衣はほっと胸を撫で下ろした。

けれど、苦しそうな尊仁を見ているのは忍びない。汗ばんだ彼の髪をそっと撫でると、亜衣の気遣いが嬉しかったのか、そのまま手を取られ口づけられる。

「大丈夫。まだ我慢できる」

尊仁はそう言って、蜜口を拡げるようにして屹立の先端を押し込んでくる。陰茎を片手で押さえながら、軽く揺すられる。くち、くちっと淫水をかき混ぜるような音が聞こえて、下腹部が切なく疼く。

「んっ……あ、はぁ」

ゆっくりと腰を揺らされて、亀頭の半分ほどが蜜口に埋められた。

入れては引き抜き、それを繰り返すと、徐々に身体の中に彼の存在を感じるようになった。愛液のおかげか痛みはまったくなく、ただ下腹部が埋め尽くされる圧迫感を覚える。

「っ……痛くない？」

「う、ん……っ」

亜衣の顔の横で肘をついた尊仁から、苦しそうな声が漏れる。彼の顎を伝い、流れ落ちた汗が胸元に落ちて、その感覚だけでも心地いい。

徐々に抜き差しの勢いが増して、気づけば彼の半分を受け入れていた。ぬるぬると膣壁を擦られるたびに、肌が総毛立つような快感が迫り上がってくる。

「痛くないから……早く……」

達した時と同じようなもどかしい快感がふたたびやってくると、奥が切なく疼いて、もっと深い部分を擦ってほしくて堪らなくなる。

亜衣は腕を伸ばして尊仁の逞しい肩に触れる。肩や首や頬を順番に撫でながら、ふわりと笑みを浮かべた。

「久保くんの……好きにしていいよ……気持ちいいから」

これほど優しくしてくれたのだから十分だ。早く尊仁にも気持ち良くなってほしい。

首に回した腕で彼の身体を引き寄せて、痛くない方の足を彼の腰に絡ませた。

「亜衣？」

尊仁は驚いたように目を見張る。

亜衣自身もびっくりしていた。自分がこんな大胆なことをするなんて思ってもみなかったのだ。けれど、それくらい愛おしかった。早く彼が欲しかった。

「悪い……っ、限界」

興奮したように息を吐ききった尊仁が、恥毛が触れるほどに深く腰を叩きつけてくる。ずんっと一気に最奥を貫かれて、亜衣の口から満足げな嬌声が漏れる。

「ん、あぁぁぁっ！」

身体の中で彼の屹立がどくどくと脈打っている。

尊仁はそのまま身体を動かさずに、亜衣を抱きしめてきた。隙間ないほどに身体が密着し、耳元で尊仁の荒い呼吸が聞こえてくる。

汗ばんだ肌の匂いや、べとつく汗の感触さえ愛しいと感じて、亜衣は尊仁の背中に腕を回す。

「ん……久保、くっ」

尊仁の顔が近づいてきて、唇が塞がれる。熱を持った舌で口腔内をかき混ぜられながら、軽く腰を揺らされた。

「動くよ」

「あっ、ん、ん……っ、ふ、あっ」

陰茎がずるりと引き抜かれて、ぐじゅっと卑猥な音を立てながらふたたび突き挿れられる。愛液にまみれた媚肉は悦(よろこ)んでいるかのように肉棒を包み込み、奥へと引き込むような動きでうねり締めつける。

「亜衣の中、すごくいい……っ」

「私も……いいっ、気持ちいっ……あぁあっ、はぁ」

唇の隙間から甘やかな声が漏れでて止められない。

注がれる唾液を飲みきれず、口の端から溢れて流れ落ちてしまう。結合部からは引っ切りなしにぬちゅ、ぐちゅっと愛液が泡立つ音が立つ。その淫音に煽(あお)られるように全身が昂ってくる。

「はっ、すごいな……っ、吸いとられそうだ」

怒張がずるずると引き抜かれていくと、それを止めるように媚肉が収縮する。すると、ひときわ大きく欲望が膨れ上がり、ますます抜き差しのスピードが速まる。

「あぁあっ、あぁぁっあ、ん、はぁ……っ」

張りだした亀頭で陰核の裏側をごりごりと擦られて、腰が跳ね上がる。開いた足が攣るように痛むが気にする余裕はなかった。

最奥を穿たれるたびに、泡立った愛液が弾け飛ぶ。結合部が淫らに濡れて、下生えや臀部までもが愛液にまみれている。

膝が震えているのが見て取れたのか、尊仁に絡ませていた足を抱えられ、身体を横向きにされた。怪我をした足がシーツに沈み、力を入れずに済む。

だが、体勢は楽になったものの、先ほどとは違った角度で突かれて、より深い部分を擦られると気持ち良過ぎてしまい、切羽詰まったような声が止められない。

「ひっ、あ、あっ……や、それ……深い」

彼の肩にかかる足がぴくぴくと震える。視界に、隆起した性器が自分の中に出入りするのが映り、息を呑む。

赤黒い屹立には愛液がまとわりつき、てらてらと濡れ光っていた。普段なら直視できないほどに淫らな光景だ。ただ、凶器じみたそれが彼の身体の一部だと思うと、それさえも愛しくなってくる。

「あぁ……っ、全部、中に挿れると、気持ちいい」

尊仁が興奮しきった声を漏らす。

そして彼の視線もまた、亜衣と同じで繋がった部分に注がれている。ぐちゃぐちゃと音を立てる蜜口を熱の孕んだ目で見つめられて、下腹部が痛いほどに疼いた。

「も……奥っ、変……に、なっちゃう……！」

抽送が速まり、肌を打ちつけながら深い部分を穿たれると、最奥が切なくなって絶頂が迫ってくる。

「奥が、気持ちいい？」

尊仁はそう言いながら、亜衣の感じやすい部分を探るように腰を突き上げてくる。陰核の裏側にある一点をごりっと擦られると、全身がびくびくと震えてしまう。

「あぁ、ここ？」

「あ、あっ……そこ、だめぇっ」

意図せずぎゅうっと屹立を締めつけた瞬間、尊仁の口から呻き声が漏れた。

彼は亜衣の弱い部分を容赦なく擦り上げてくる。そして眉間にしわを寄せ、腰をぶるりと震わせた。

「は……っ、堪んないな、これ……すぐ、出そう」

彼の気持ち良さげな声にすら感じてしまう。

いてもたってもいられず、亜衣はシーツをぎゅっと掴みながら、背中を仰け反らせる。

「ひゃっ、あ、あっ……いいっ」

愛液がぐじゅっと卑猥な音を立てて飛び散り、尊仁の下生えをも濡らしていく。腰を穿ちながら、愛液を擦りつけるようにして指先で花芽を転がされる。

「あぁぁっ、あぁっ、そこ、しちゃ……やぁ」

花芽をぬるぬると撫でられて、その敏感な裏側を滾(たぎ)った陰茎で擦られる。目眩がするほどの快感に襲われ、限界はあっという間にやってきた。

ぴんっと人差し指で淫芽を爪弾かれた瞬間、四肢が強張り、腰が波打つように震える。

「――っ！」

亜衣は凄まじいまでの快感に戦慄(わなな)き、声すら上げられず絶頂に達する。

同時に腰を打ちつけていた尊仁が動きを止めた。辛そうに眉を寄せて、深く息を吐ききった瞬間、胴震いした彼が最奥で白濁(はくだく)を迸(ほとばし)らせる。

「く……っ、はぁ」

媚肉を埋め尽くす陰茎はどくどくと激しく脈打ち、胎内に熱い飛沫が広がっていく。皮膜越しではあるが、身体が温かいものに包まれているような感覚に酔いそうになる。

「亜衣……平気か？」

力の抜けきった身体をシーツに投げだしていると、覆い被さってきた尊仁が心配そうな様子で聞いてくる。

平気か、平気でないかと問われると、繋がった部分はまだしも足が筋肉痛のように痛んでまったく平気じゃないのだが、亜衣は微笑んで頷いた。

ただ、嬉しくて幸せだったから、またこうして彼に抱いてほしい。そう思うと、頷く以外できなかったのだ。

「なぁ」

そして繋がったままで覆い被さる彼に抱きしめられる。

「ん……？」

今はなにも考えたくないくらい身体が疲れている。

うつらうつらしながら返事をすると、頭上から亜衣の顔を見つめる尊仁が、軽く腰を揺らしながらキャミソール越しに亜衣の乳首を指先で転がしてくる。

「は……んっ、なに……？」

「これ、収まるまで付きあって」

胎内に脈打つ欲望はまだいきり勃ったままだ。そして劣情の孕んだ彼の瞳も。

疲れて、もう眠くて仕方がないのに、弱い部分を亀頭で擦られると、すぐさま下肢が熱く昂ってしまう。

「亜衣を抱いてると思うと……夢みたいで、全然収まらない」

優しい物言いなのに、自分の身体が欲しいと乞われると、抗おうとすら思わなくなる。彼に貪るように愛されるのは、ただただ嬉しい。

亜衣が腕を上げると、口づけが深まっていく。

その夜、何度も求められ、亜衣は繋がったままの状態で、気を失うように眠りに落ちた。


身体に感じる重みで目が覚めた。

手を伸ばし眼鏡を取ろうとするが、いつものところに眼鏡がない。それどころかぼんやりと見える室内の様子がいつもとはまるで違っていることに驚き、亜衣は一気に覚醒する。

(あ……そっか……昨日)

背後から回された腕は彼のものだと瞬時に気づき、肩の力を抜く。

昨夜、ここで亜衣は尊仁に抱かれた。何度も求められたせいか、声を出しすぎて喉に違和感を覚えるほどだ。

昨日のことを思い出すと消え入りたいほど恥ずかしい。あられもない声を上げて、自分からも尊仁を求めてしまった。けれど、何度も好きだと言われて幸せだった。

男性とこんな風に朝を迎えるなど想像だにしていなかった。一度くらいは誰かと恋をしてみたいと思ってはいたけれど、仕事に必死過ぎて出会いもなく、なまじ出会いがあったとしても一歩を踏みだせたかどうかはわからない。

トラウマとまではいかなくとも、自分にはどこか男性を心底信用しきれない部分があると感じていた。おそらく、信用していた相手に裏切られた母を思い出してしまうからだろう。

そのため尊仁に求められているとわかっていても、尻込みしていた部分はあった。けれど彼は、ただぶつかっただけの同級生を心配し病院へ連れていってくれただけではなく、仕事の世話までしようとする人だ。

そして。

『恋人になってくれるか？　遠くない未来に、全部、俺のものになってくれる？』

再会したばかりの彼が、そこまで考えてくれていることに心底驚いた。だから、彼ならばと、思えたのだ。

亜衣は前に回された手のひらにそっと指を絡めあわせた。

顔は見えないものの、手を繋いでも身動ぐ気配すらないから、尊仁はまだ熟睡しているのだろう。きゅっと指と指を絡めると、手になにかが当たる。

（なに、これ……？）

嫌な予感が押し寄せてきて、鼓動が早鐘を打つ。

嘘だ、嘘だと、指の場所を確認した。小指の隣にあるその指は左手の薬指。そんな当たり前のことを、何度も確認した。

（どうして……嘘でしょ……っ）

間違いではなかった。

彼の左手の薬指には指輪が嵌められている。おそらく亜衣が気がつかなかっただけで、昨日からずっとこの状態だったのだろう。

左手の薬指に嵌められた指輪の意味。そんなの誰でも知っている。

（嘘を……ついたの？　遠くない未来に、俺のものになって……なんて言っておいて）

抑えきれない感情が一気に口から漏れそうになる。

「ふ……っ」

叫びだしたい思いに駆られて、亜衣は自らの手のひらで口を押さえた。

亜衣は虚ろな目を室内に向けながら、背後にいる彼を起こさないようにそっとベッドを降りた。

身体は気怠く、彼に愛された余韻が色濃く残る。昨夜を思い出し、より苦しさが増した。

音を立てないように服を拾い集めていると、ぼろぼろと涙が頬を伝って流れ落ちる。

つい数時間前まで、あれほどに幸せだったのに。再会した初恋の人と恋人になれると浮かれた自分が心底バカみたいに思えてきた。

「……っ」

尊仁を信じてしまったのは、自分の愚かさが原因だ。初恋の人だから、心が弱っていたから、優しくされて嬉しかったから。

彼の手を取ったのは自分。決して無理強いされたわけではない。

けれど――。

亜衣との未来なんて、本当はちっとも考えていなかったという事実に打ちのめされる。それどころか、彼はすでに結婚していた。

本当のところはわからない。もしかしたら離婚間近なのかもしれないし、夫婦仲が冷え切っているのかもしれない。だから亜衣を抱いたのかも。

けれど、今、彼が指輪を嵌めているという事実は変わらない。亜衣が知らなかったにしても、彼の妻が今の状況を知ったら傷つくだろう。

帰らなければ。

彼が起きる前に部屋を出て、タクシーで帰路に就いた。タクシー待ちの場所に着くまで何度も転びそうになったが、早く家に帰ることしか考えられなかった。

情事の名残が身体中に色濃く残っている。それを消したいような、消したくないような複雑な思いで、シャワーを浴びた。

モヤモヤした頭が多少はすっきりするかと思ったが、脳裏をよぎるのは尊仁のことばかりだ。

(そういえば……冷蔵庫に……作り置きのおかずがたくさんあったよね……)

料理するのかと聞いた亜衣に、尊仁は言葉を詰まらせたではないか。

あれは彼の妻が作ったのかもしれない。どうして部屋に妻がいなかったのかは知らないが、いなかったからこそ尊仁は亜衣を部屋に連れ込んだ。最初からそのつもりだったのだ。

(忘れられなかったなんて……嘘。自分は結婚してるくせに……っ!)

眼鏡が壊れていて、目の悪い相手だからこそ彼は嘘をつくことができた。左手の薬指に指輪を嵌めたまま亜衣を抱くのは、どんな気分だっただろう。

騙されて彼に流されるのを見て、喜んでいたのだろうか。男を知らない女が快楽に墜ちる様を見て楽しんでいたのだろうか。

ひどいと被害者ぶっていられればいいのに、そうできるはずもない。思い浮かぶのは、会社まで来て亜衣を責め立てた磯山部長の妻のこと。

磯山部長の件は事実無根だが、今回は違う。

自分が本当に後ろ指を指される行いをしてしまったという事実が苦しくて堪らない。

誰に謝っていいかもわからなかった。ただ、傷ついているだけではいられない。

妻を裏切り、ほかの女性と関係を持つ。

尊仁は、亜衣の父親と同じことをしたのだ。たとえ知らなかったとしても、自分も同罪だろう。

もし尊仁の妻が知ったらどれだけ傷つくか。それを考えると自分が許せなくなる。騙されたと彼だけを悪者にできればまだよかったが、自分のせいで彼の家族を壊してしまうかもしれないという恐れの方が大きかった。

母は父が結婚していると知った時、どんな気持ちだったのだろう。今の亜衣と同じ心地だったのだろうか。

（一人暮らしだって……言ってたのに……っ）

なにもかもが嘘だったのだ。一人暮らしには不必要な部屋の広さだ。冷蔵庫だってファミリー用だった。

彼と関係を持ってから気づくなんて。なんて間抜けなのだろう。

中学を卒業してから、軽く十年以上が経過している。女性の扱いを慣れていると感じたではないか。どうしてその勘を信じなかったのか。

遠くない未来に全部俺のものになって、そんな将来を匂わせるようなことを言ったのも遊び慣れた人の常套句だとすれば、あっさり納得できた。「結婚」とは言っていない。亜衣が勝手にプロポーズだと思ってしまっただけで。

事実亜衣は、あの言葉に喜んでしまった。彼にならすべてをあげてもいいと思った。

（騙されたんだよ……なのにどうしてっ……消えてくれないの……）

忘れるべきだ。

結婚している人と幸せになる未来なんてない。裏切られたのだ。

わかっているのに。「好きだ」と言った彼の顔を、愛おしそうに亜衣に触れる手を思い出してしまうと、胸が詰まる。

亜衣はコートすら脱がないまま、手探りで眼鏡を探した。

一昨日、自分で踏んで壊してしまった眼鏡をテーブルに置いていたはずだ。レンズも割れてしまっているが、文字を見るくらいはできる。

鞄を開けて、昨日もらったばかりの名刺を取りだした。そこには有名な大学病院の名前と内科医という文字。亜衣の口から乾いた笑いが漏れる。

(どういうつもりで……これを渡したの……?)

また妻がいない時にでも会おう、と——?

(ふざけないで……っ、バカにしないで!)

亜衣は唇を噛みしめながら、名刺をビリビリに破り捨てた。

「は……っ」

悔し涙が溢れて、ぼたぼたと落ち、床を塗らす。

投げるようにゴミ箱に向かって手を振りかぶると、手から切れ端がひらひらと床へと落ちていく。

「バカみたい……っ!」

頬を濡らす涙には気がつかないふりをした。あの人を一瞬でも好きだと思ってしまった自分が悔しい。

忘れよう、忘れるんだ。そう思えば思うほど、ゴミ箱からこぼれ落ちた名刺の分だけ、尊仁の声が、感触が胸に痛みを与える。

亜衣は手の甲で涙を拭い、切れ端を一つ一つ集めて、ゴミ箱に落としていった。この感情を一緒に捨ててしまえればいいのに。そう願いながら。

（眼鏡……取りにいこう……）

気持ちを切り替えて立ち上がる。

亜衣には、恋愛ごとでショックを受けている暇などない。再就職が決まらなければ、暮らしていけないのだから。

着替えて割れた眼鏡をかけ、昨夜、尊仁と行った眼鏡店へと足を運んだ。代金は尊仁が払ってくれていたようだが、それを断り自分で金を支払った。意地のようなものだ。

新しい眼鏡をかけると、ようやく視界がクリアになる。

それなのに、景色や青空がやけに眩（まぶ）しく、亜衣の心を痛ませた。

第二章

尊仁(たかひと)が目を開けると、すでに隣のシーツは冷たくなっていた。

前日が当直担当だったため、昨夜はいつもよりもかなり早く病院を出た。だが、睡眠不足の疲れもあって、寝過ごしてしまったようだ。

「亜衣(あい)……?」

どこへ行ったのだろう。

昨日、病院の柱にぶつかっていたくらいだ。亜衣は眼鏡がないと外を出歩くのもままならないはず。

時計を見るとすでに昼を回っている。さすがに腹が減ってキッチンにいるのかもしれないと、尊仁はベッドを降りた。

しかし昨夜の己(おのれ)のがっつきぶりはひどかった。いくら初恋の相手に再会して浮かれていたとしても、部屋に来て一時間も経たずに押し倒すなんてどれだけ余裕がないのか。

それにもう限界だという彼女をなかなか離してはやれなかった。傷つかないように優しくはしたつもりだが、いかんせんしつこかったと自分でもわかっている。

昨日はやり過ぎてごめん、なんて言うのもどうか。

知識だけは豊富だが、初めてだったから加減がわからなかったんだ、それはもっとだめだ。

まぁこれからいくらでも時間はある。昨夜、恋人になってほしいと口説き、亜衣は頷(うなず)いてくれたのだから。

尊仁がリビングに行くと、そこにも亜衣の姿はなかった。家の中からなんの音も聞こえては来ず、念のためにべつの部屋も確認したが亜衣はいない。どこかに行った、もしくは帰ったとしか思えない。

(用事でもあったのか？　昨日はなにも言ってなかったが)

今日、一緒に眼鏡を取りにいこうと約束をしたはずだ。

どこかに書き置きがあるのではと寝室に戻るが、なにもない。慌ててスマートフォンを取りに行き連絡を取ろうとするが、連絡帳に亜衣の番号はない。

「あ〜なにやってんだ……俺。連絡先すら聞いてねぇ」

苛立(いらだ)ち紛れに寝乱れた髪をさらにぐしゃぐしゃにする。聞くチャンスは何度もあったはずなのに、どれだけ亜衣との再会で浮かれていたのかと後悔しても後の祭りだ。

昨夜あれだけ濃密な時間を過ごして、なにも言わずにいなくなる。それはいったいどういうことだろう。考えたところでわかるはずもないが、考えずにはいられない。

たとえば、どうしても外せない用事があって帰ることになった。それならば、書き置きの一つくらいはするだろう。

たとえば、もともと遊びだけのつもりだった。こちらだとすると、なにも言わずに帰ったのも、書き置き一つないのも理解できた。考えたくもないが。

いや、書き置きをするにしても眼鏡がなければどうにもならないか。それならば尊仁を起こせばいいだけでは。考えても埒が明かない。

尊仁が気持ちを伝えると、彼女も好きだと言ってくれた。初恋の人だとも。もちろん自分の積もり積もった恋心の方が重いのはわかっている。だが、昨夜部屋に誘った時、亜衣はなかなか尊仁を頼ろうとはしてくれなかった。そんな品行方正な彼女が男と遊ぶなんてどうしても思えない。

（そりゃ……知らないことの方が多いけど……）

尊仁はため息を呑み込み、ダイニングテーブルで指を組む。

見慣れた指輪が視界に入る。すでに傷はたくさんついていて真新しさはないが、何年もしているため愛着はあった。

「ちょっと待て……指輪、したまま……？」

愕然としながら呟いた言葉は、リビングに空虚に響く。

自分の左手薬指に指輪がある状態が当たり前過ぎて、思い至らなかった。もし、亜衣がこの指輪を見たらどう思うか、なんて。

「まさか、結婚してると……思ったのか……？」

書き置き一つないこの状態が、それが正解だと言っている気がした。

たしかに昨夜、自分たちの気持ちは通じあったはず。けれど、朝起きて、もし亜衣がこの指輪に気がついたら。

どう思うか、なんて。

騙されたと考えるのは、火を見るよりも明らかだ。

亜衣が何時に出ていったのかはわからないが、今追いかけたとしても、マンション近くにはいないだろう。シーツはとっくに冷たくなっていた。

パニックになりそうな頭を必死に働かせて考える。どうすれば亜衣に誤解だと伝えられるのか。連絡先も、住所も知らないのに。

尊仁は慌ててスマートフォンを手に取ると、友人の番号を呼びだした。忙しいのか五コール鳴らしても出ない友人に焦り(あせ)が募る。

『はい、どうした？』

「拓(たく)、悪いんだけど……大至急調べてほしいことがある」

友人——三浦(みうら)拓は大学時代の同級生で、尊仁が勤める病院の顧問弁護士を務めていた。三浦は父親から継いだ法律事務所を経営していて、昨夜、亜衣に伝えた事務員を募集している友人というのも彼だった。

少し前までは、個人的に仕事の依頼をしていた。友情に厚いこの男ならと思うくらいには信用しているし、親しくもしている。

『調べてほしいこと？　なに？』

「横山亜衣という女性について。十一月末までロケートというスポーツ用品を扱う会社で働いていた。俺たちと同じ年だ」

『聞いたことない名前だけど、誰？』

「個人的なことだ」

『個人的な用件に僕を使わないでくれる？』

「仕事の依頼だし、友人だからお前に頼んでる」

尊仁が言い切ると、いつものことと諦めたのかため息が電話口から聞こえてくる。

『尊仁の口から、女性の名前が出るとは思わなかった。童貞拗らせて、そろそろ妖精になるかと思ってたよ。で、その人のなにを調べるの？　もちろん報酬はきっちりもらうよ』

「全部」

『は？』

「だから全部。今、住んでいる場所から、電話番号。わかることならなんでもいい」

『まさかストーカーじゃないよね？　犯罪に手を貸すのは御免なんだけど』

「違う！　話しただろ、昔……」

『まさか、初恋の君⁉』

被せるようにして三浦が言う。

彼が驚くのも無理はない。亜衣の名前は教えてはいなかったものの、尊仁がずっと初恋の彼女を忘れられずにいたことを三浦はよく知っている。そのために、左手の薬指に指輪なんて案を出してくれたのだ。

「あぁ」

『いや、待って。いくらなんでもさ、それを簡単に信じるのはどうかと思うよ。本当にその子が同級生の女の子だったの？　証拠は？』

「話しかけたのは俺だし、社員証で名前を見たから間違いない。それに……彼女にしかわからない昔話もした」

亜衣に会った時の話をすると、三浦は電話の向こうで押し黙った。どうやら驚いていたらしく、しばらくして「そんなことあるんだねぇ」と気の抜けた声が聞こえてくる。

「けど……連絡先も聞けなかったし……朝起きたら、いなくなってた」

『朝ってまさか、やったの⁉　そんな再会してすぐに⁉　童貞のくせにいくらなんでも手早過ぎないっ⁉　つか相手もノリノリじゃん！　お前が遊ばれたんじゃないの？』

三浦の言葉に二重の意味で傷口を抉られる。

童貞、童貞と繰り返さないでほしい。それに指輪の件で帰ったのでなければ、どんな理由があったのか。昨夜気持ちが通じあったと思ったのは自分だけだなんて考えたくない。

「そういう言い方するなよ」

『そういう言い方もどういう言い方も一緒じゃん。やったんだろ。いやぁでも、ニセモノの結婚指輪までしてほかの女を牽制してるお前が、本気で好きな相手には必死！　そうなるんだぁ、へぇ～』

「結婚したことにすればいいって言ったのはお前だろ」

頭と顔だけはいい、というのは三浦談だ。中身は初恋を拗らせた童貞だったのに。なんて亜衣には絶対に言えないが。昨夜、亜衣を抱くのに尊仁がどれだけ慎重だったか。正直、亜衣を達かせられた時はガッツポーズしたかったくらいなのだが。

学生の頃は、尊仁の冷ややかな態度のせいか、近づいてくる女性は少なかった。それが変わったのは、研修医として大学病院で勤務し始めた頃からだ。挨拶程度しか話した覚えのない同級生から電話がかかってきて恋人面されたり。退院した若い女性患者から付きまとわれたり。なんとか既成事実を作ろうとする女性に襲われかけたり。好きでもない女性に触るなんて、想像しただけでゾッとするのに。

マンションの前で待ち伏せまでする女性もいて、それらの対応に時間がかかり、その苛立ちが仕事にも影響を及ぼし始めた。好きでもない相手に言い寄られることが、これほど苦痛だとは思ってもみなかった。

それを相談した相手が三浦だ。彼は「じゃ、指輪してさ、結婚したことにすればいいんじゃん？ふりね、ふり」などと軽いノリで言ってきた。たったそれだけでなにが変わるのかと当初は思っていたのだが、指輪を嵌めた効果は覿面だった。結婚したと知られると、アプローチしてきた女性は、今までなんだったのかと思うほどあっさりと離れていった。

だが当然、結婚相手については根掘り葉掘り聞かれた。というのも、三浦ははなから予想していたようで、あらかじめ対策を立てておいたのだ。

『そうだけど。まさか、尊仁のニセモノの嫁が本当に現れるとは思わないじゃん。びっくりだ』

ニセモノの嫁——という言葉通り尊仁は、初恋相手である亜衣を勝手に嫁としていたのだ。もちろん婚姻届は出していないが、名前は借りていたし、中学の頃の卒業アルバムを使ってそれを加工し大人になった亜衣の写真まで作った。しっかり設定は出来上がっていたから、いもしない妻を作り上げるのは簡単だった。

どうせかなわぬ初恋だ。それくらいはいいだろうという思いもあった。三浦にはものすごく気持ち悪がられたが。

ニセモノの嫁の効果は覿面で、今となっては、尊仁にしつこくアプローチしてくる女性はほとんどいない。たまに不倫でもいいなどと言ってくる相手もいるが、自作の手作り弁当が功を奏しているのか、仲睦まじい夫婦の間に割り込んでくる猛者はいなかった。

そんな設定を作っていた尊仁としては、本物の亜衣が家にいるという状況に浮かれるのは当然で。本人に向かって名前を呼んだことなどなかったのに、あまりに嫁として呼び慣れているせいで、うっかり「亜衣」と呼び捨ててしまった。

指輪はすっかりと左手薬指に馴染んでいて、ほとんど外してはいない。そのため亜衣の前でも、指輪を外さなければならないという意識にはならなかった。

『で、話を戻すけど……彼女を調べろってのはどうして？　朝いなかったって』

「夜を一緒に過ごした相手が……左手薬指に指輪を嵌めてたら、お前ならどう思う？」

『そりゃ、上手いこと言って遊びたいだけだと思うだろ。ってお前……まさか』

「外し忘れてたんだ」

『最低……っ！　って思っただろうね。ご愁傷様』

「やっぱりそう思うよな……」

『だから探してほしいわけか。でも、指輪が理由なのかはまだわからないよね。その子も遊びだったのかもしれないいじゃん』

「その子もって言うなよ。俺は遊びじゃない」

『お前は遊びじゃないにしてもさ、彼女が誤解したままなら……お前が会おうとしても拒絶されるんじゃやない？』

「なんとしても誤解は解く。だから探してくれないか？　彼女は地元を離れていないようだから、だいたいの住所はわかる」

『そういえば……よくふらふらしてると思ったら。なに、初恋の亜衣ちゃんを探してたわけ？すごい執念だね』

三浦が呆れたような口調で言う。

尊仁だって、忘れようとは思っていた。けれど、忘れられなかったのだから仕方がないではないか。

「会えるとは思ってなかったさ」

尊仁が地元である品川から出ないのも、小中学校時代に住んでいた辺りを度々訪れていたのも、ひとえに亜衣に会いたかったからだ。

ここにいればどこかで再会するのではないか、などと二十八歳にもなって夢見がちなことを考えていたわけではない。

中学を卒業して十三年経った今、区内に残っているかもわからない。卒業アルバムを頼りに彼女の実家に行ってみたが、表札の名前は違っていた。そんな相手と偶然どこかで再会するなんて、奇跡でも起きない限り不可能だとわかっていたのだ。それでももう少し、もう少しだけと探すのを諦められなかった。

昨夜は、当直明けの日勤で早く帰れたために、よく母と通っていた食事処へ向かっていた。するとポストの前で佇む女性がいて、何気なく尊仁が顔を上げて見ると、そこに亜衣がいた。

最後に会ったのは中学の卒業式だ。顔立ちだって変わっているはずで、会ったところすぐに彼女だとわかるはずもない。そう思っていたのに、そこにいたのは写真と同じ、尊仁が想像する大人の亜衣そのものだったのだ。

ふらふらと近づいてしまった結果、彼女の眼鏡を壊してしまい反省はしているが、どうにか話しかけられないかと考えていた尊仁にとっては渡りに船だった。

こんな偶然あるはずがないと。嬉しいよりも夢を見ているのではないかと思ったくらいで、正直、社員証の名前を見ても信じられなかったが。

『初恋の相手に再会して浮かれてるお前には酷かもしれないけど。亜衣ちゃんが、尊仁の容姿や肩書きに釣られてないって言える？　それとも名刺は渡してない？』

「それは……」

言えない。再会してからたった一日だし、渡した名刺には、勤め先も内科医であることも記されている。

亜衣のことはなにも知らない。尊仁の肩書きに釣られる女性は多い。

それに、亜衣が中学の頃のままなにも変わっていないとは思わない。いい印象の想像ばかりが逞しくなっていたから、会って落胆する可能性だって考えていた。

けれど——。

実際に話してみると、昔よりもずっと、好きになった。

眼鏡が壊れているのに、弁償はしなくていいと断るようなお人よしなところも、柱にぶつかるようなおっちょこちょいな面も相変わらずで。

仕事はなにをしているのか、どうしてこんなマンションに住めるのか、なんて亜衣は一度も聞いてこなかった。

中学の頃は、あの一件以来会話などほとんどしていなかったから。昨夜は、初めて彼女の心に触れられたような気がした。

(肩書きに釣られたんでもいいんだって言ったら、拓にバカだって笑われそうだな)

亜衣がどこかに惹かれてくれていたら、また連絡はあるかもしれない。それに期待してしまう女性から目を引くらしいこの外見にでもいい。医師という肩書きにでもいい。

自分は愚か(おろ)だろうか。

『人を使ってなるべく早く探しておく。それにきっちり調べるからね。お前が傷つく結果になったとしても、だ』

「あぁ、それでいい。ありがとう」

とにかく、早く誤解だけでも解きたかった。

彼女も自分を好きでいてくれると信じたかった。帰ってしまったのは、指輪を見てしまったからだと思いたかった。

電話を切った尊仁は、昨夜行った眼鏡店に連絡をした。

すると、亜衣がすでに眼鏡を取りに来店したという。尊仁が先払いしていた金を断り、どうやら自分で払って店を出ていったらしい。

店に聞いたところで彼女の居場所を教えてくれるわけはないが、一筋の細い繋がりすら絶たれてしまったようで落胆するのは致し方ない。三浦が調べてくれるのを待つほかなさそうだ。

尊仁は明日の弁当に入れるおかずを作りながら指輪を見つめ、何十回目かのため息を漏らした。


一ヶ月後の一月初旬。

世間はようやく正月休みから日常生活に戻り始めるこの時期。十連勤を終えた尊仁は、当直後の朝方、家に帰りベッドに倒れ込んだ。

そのまま寝てしまいたかったが、スマートフォンのチェックをすると、何件かの着信。疲れで霞む目元を指先でマッサージしながら着信相手を見て、がばりと起き上がった。

すぐさま折り返しの連絡をすると相手はまだ寝ていたのか、眠たげな声で電話に出る。

『なんだよ～』

「朝早くに悪い。電話くれてただろ。亜衣の件じゃないのか？」

『あぁ……そうそう。お疲れさん。ちょっと待ってて』

電話の向こうでガサガサと音がして、三浦が先ほどよりもしゃきっとした声で『驚くなよ』と言ってきた。

「なに？」

『びっくりすることがいっぱい』

「びっくりすることって？」

『事実だけを伝えると……いろいろ誤解を招きそうというか……いや、誤解じゃないのかな？　その判断がつかないんだよね。時期的にも合ってるし』

「だからなんだよ」

『あ～覚悟して聞けよ？』

「だからなんだって」

もったいぶった話し方を急かすものの、彼は言おうか言うまいか迷っているようだった。その意味がわからず、尊仁は眉根を寄せる。

『彼女……ある物を買ってた。薬局で』

「ある物って？」

『妊娠検査薬』

三浦の口から語られた内容に、尊仁は息を呑む。

まさかという思いと、可能性はあるという思いが交差して、三浦に対してどう反応していいかわからない。

亜衣を抱いた夜、もちろん避妊はした。

だが、避妊の効果は避妊具をつけていても百パーセントではない。それに思い返すと、彼女があまりにも可愛くて、抜かずに何度もしてしまったような気もしていた。

(妊娠……してる可能性があるのか)

尊仁との子どもを。

この一ヶ月、尊仁の頭の中は亜衣のことばかりだった。仕事は決まっただろうか。足はよくなっただろうか。あれから、いったいどうしているのか、と。

月のものが来なかったから、妊娠検査薬を買いにいったのだろう。尊仁に裏切られたと考え、さらに妊娠している可能性を疑った時、彼女はいったいどんな思いだったのか。

今、彼女は一人で不安な思いでいるのではないか。そう思ったらいてもたってもいられなくなる。

尊仁のことを誤解したまま、一人で子どもを産む決意をしていたら。考えたくはないが、堕胎する決断をしてしまっていたら。

『ただなぁ……』

「まだなにかあるのか?」

『もう少し調べさせてくれ。事実かどうか、今はまだわからないから。お前はちゃんと彼女と話すんだ。知らん顔するんじゃないよ?』

「当たり前だ!」

まずは会いに行こう。眠気はすっかり失せてしまったが、こんな早朝に会いに行くわけにはいかない。

三浦から、亜衣についての情報をあらかた受け取ったあと、気が急(せ)いて落ち着いてはいられなかった。すぐにでも家を飛び出したかった。けれど、仕事は待ってはくれない。

(亜衣……どうしてる……?)

早く会いたくて堪(たま)らない。彼女の顔を見ないと、安心できない。

身体は疲れていて睡眠を欲しているのに、尊仁は昼頃まで眠りにつくことができなかった。

第三章

年が明けて、五日が経った。

亜衣(あい)はトイレから出て、愕然とした表情で手にした妊娠検査薬を見つめる。

いつもはきっちり月初めに来るはずの生理が遅れていたため、数日遅れるなんてよくある――

そう思いながらも念のために検査薬を買いにいった。

初めて身体を重ねたために、神経が過敏になっているだけ。きっとあんなことがあって精神的に不安定になっているだけだ。調べてみよう。調べれば妊娠していないと証明できるはず。

そう思って買った妊娠検査薬には、間違いようもなく陽性の線がはっきりと浮きでていた。

(う、そ……だって、ちゃんと避妊してくれてたはず……っ)

何度も抱かれて最後の方は正直覚えていないが、彼が避妊具のパッケージを破るところを何回かは見た。それなのに、どうして。

さっと血の気が引くように目の前が暗くなっていく。

脳裏をよぎるのは、相手が家庭を持っていると知らずに亜衣を身ごもり、堕胎を迫られた母のことだ。自分は今、母と同じ状況にあるのかもしれない。

(まだ……わからないはず。たまたま、なにか間違って陽性が出てしまっただけかもしれないし)

そう思いながらも、頭の中には妊娠の可能性ばかりが浮かんでくる。

次の仕事も決まっておらず、貯金だってそう多いわけではない。これで子どもを育てるなんて無理だ。

(じゃあ……堕ろすの?)

お腹に赤ちゃんがいたら――仕事がないから。父親がいないから。それを理由にして、自分は子どもを堕ろせるのか。

(そんなのできない……できるわけない……っ!)

だが当然、尊仁に言えるはずもない。絶対に知られるわけにはいかない。もし彼に堕ろせと迫られたら、亜衣は平静ではいられないだろう。

どうしよう。どうしよう。そればかり考えて、結局埒が明かずインターネットで産婦人科を調べた。近くにある産婦人科は今日から外来受付が始まっている。初診は予約なしでもいいらしく、亜衣は出かける準備をして家を出た。

そして結果は――妊娠二ヶ月。

まだ胎児の心音が確認できないため、翌週も受診することになった。

亜衣は、産婦人科医院からの帰り道をぼんやりと歩きながら、駅の商店街で駄菓子屋に寄った。

亜衣の姿を見た店主が久しぶりだと言うように、笑みを浮かべた。亜衣も軽く頭を下げて挨拶をし、弟の瑛人が好きな菓子をカゴに入れていく。

妊娠を相談できるのは母しかいない。まさか、自分が母と同じ状況になるなんて夢にも思わなかったけれど、産む選択しか考えなかった。

ただ、自分と同じ父親のいない子どもにしてしまう。それだけが悔やまれた。

悩んでいる暇はない。この子を育てるためにはどうすればいいか。とにかく働き先を見つけよう。もう覚悟を決めなければ。そう思うものの不安は消せない。

いつまで働けるのか、そもそも妊婦に働き口があるのか。

生活していけなくなったらどうしよう。

この子を大人になるまで守ってあげないといけないのに、心細くて、怖くて、誰かに縋りつきたくなってしまう。

（お母さんは……十八歳の時に、私を産んだんだよね）

よく一人で産む決心をしたものだ。二十八歳の亜衣ですらこんなにも不安になるのに、まだ十代だった母は、どれほど大変だったか想像もできない。

再就職先を探すにしても、できれば、福利厚生のしっかりした会社で正社員になりたい。だが、妊娠していることを打ち明けたらそれも難しいかもしれない。

（難しくっても……やらなきゃ）

駄菓子屋で会計を済ませた亜衣は来た道を戻る。

実家までは駅からバスを利用すればすぐだが、考え事をする時はこの距離がちょうどよかった。

不安と闘いながらも、自分の身体の中に新たな命があるのだと考えると、守らなければとも思う。

昼過ぎに実家の前に着いた。ここは一応亜衣の実家であるが、亜衣と母が二人で住んでいた家ではない。母は再婚を機に、父が住む一戸建てのこの家に引っ越しをしていた。

外にいても、家の中から瑛人の声が聞こえてくる。瑛人がいるのなら、間違いなく母も在宅しているはずだ。亜衣は胸を撫で下ろして、インターホンを鳴らした。

玄関に出てきた母は、急に来たことにはなにも言わず、いつもと同じように亜衣を迎え入れてくれた。

「急にごめんね」

「なに言ってんの。合鍵だって渡してあるんだから、いつ来たっていいわよ」

母のあとを着いてリビングへ行くと、義理の父と瑛人がリビングの一角にある和室でカードゲームをしていた。

「亜衣ちゃん！　おかえりなさい！」

「おかえり、亜衣」

瑛人がカードゲームを放り投げて、亜衣の元へとやってくる。顔を輝かせる瑛人に癒やされながら、いつものごとく駄菓子を母に預けた。

「お父さん、瑛人、ただいま。お菓子買ってきたから、またおやつに食べてね」

亜衣がここに来て「ただいま」と挨拶をするのは、そういう感覚がなくとも実家だと思ってほしいと父に言われたからだ。母たち家族の邪魔はしたくない。そう思っているのはバレバレだろうが、父も母も、そして瑛人もいつだって亜衣を温かく迎え入れてくれる。

「ありがとう！　おやつなにっ？」

「いろいろあるよ。ポテチとかチョコレートとか。食べたあとは？」

「歯を磨く！」

瑛人がビシッと腕を垂直に上げて答える。素直で可愛い。瑛人を見ているだけで、頬が緩んでしまう。

「よくできました」

亜衣が瑛人の頭を撫でると、得意満面の笑みを浮かべて父親の元へと戻っていく。その姿を微笑ましく見つめたあと、亜衣はちょいちょいと手招きして母を呼んだ。

「お母さん……あのね、ちょっと話があるんだけど……いい？」

さすがに父と瑛人がいるところで話すのは憚られる。そう思い聞くと、空気を読んでくれたのか父が瑛人を連れて二階に上がった。

母は訝しげな顔をしながらも、亜衣をダイニングへと促す。ちょうど昼食を終えて、食器を洗っていたところだったのだろう。来るタイミングが悪かったかもしれない。

「昼ご飯食べたの？」

「まだだけど、気にしないで。連絡しないで来たのはこっちだし」

「ちゃんと食べなきゃ身体壊すわよ。ちょっと待ってて」

母は亜衣を椅子に座らせると、温かいお茶をテーブルに置いた。

「あんまりお腹空いてないから、本当にいいよ」

妊娠がわかって、あまりの衝撃で空腹どころではなかった。だが、二人きりのダイニングにくぅと腹の音が響く。

「どこがよ」

母がぶふっと噴きだす。亜衣は恥ずかしくて、腹部を押さえながら項垂れた。どうしてか、母に会ったら肩から力が抜けて、安心したらお腹が空いてきた。先ほどまでは不安で、食欲などまったく感じなかったのに。

「チャーハンとスープしかないわよ」

テーブルに並べられたチャーハンとスープに頬が緩む。子どもの頃、夏休みや冬休みは母が作り置きしたチャーハンを昼に食べていた。あの頃は正直「またこれ？」と思っていたけれど、今となっては懐かしく、お袋の味と言える。

「ありがとう。いただきます」

食べ慣れた味なのに、自分で作るどの料理よりも美味しい。一人で暮らしを始めてから、母が自分にどれだけのことをしてくれていたのか、ようやくわかるようになった。

自分も、同じようにこの子に愛情を注いであげられるだろうか。

「ねぇ、お母さん……私さ、妊娠した」

母は食器を洗っていた手をぴたりと止めた。

なんでもない風を装って言ってみたが、やはり空気は重い。食器洗いの手を止めて、母は亜衣の前に腰かける。

「付きあってる人がいたのね」

「ごめんなさい、違う。付きあってる人は……いない」

「どういうこと？」

「一人で産もうと思ってる」

母の眉間にはっきりとしわが寄った。きっと理解を示してくれるだろうと思っていたのだが、予想に反して母の表情は冴えない。

「あなたが想像するよりもずっと、大変よ」

母の言葉には相応の重みがあった。亜衣はしっかりと頷（うなず）く。

「わかってる……ううん、わかってないかもしれないけど……やるしかないって覚悟してる」

「相手の人には、話したの？」

視線をテーブルに落とし、首を横に振る。

話せるわけがない。彼が喜んでくれるはずがないとわかっていて。

「ごめんね。お母さんと、同じことになっちゃった。知らなかったじゃ……済まされないよね」

尊仁には妻がいる。彼の妻が知ったらどう思うだろう。

勝手に子どもを産む亜衣を恨むかもしれない。この子が疎まれるかもしれない。だから、絶対に言うわけにはいかない。

（久保くんにも……望まれて生まれてきてほしかったけど……ごめんね）

自分だけはこの子の幸せを望んであげたい。亜衣は涙の滲む目を腹部に向けながら、まだ膨らみのないそこをそっと撫でた。

「無理やりとか……」

「違う！　本当に、そういうのではないから、大丈夫」

母は、亜衣が強引に誰かにそういうことをされたのではないかと心配していたようだ。亜衣がぶんぶんと首を振って否定すると、胸を撫で下ろして「わかった」とだけ言った。

「一人で頑張るつもりだけど……ちょっとだけ頼っちゃうかもしれないから、今のうちに話しておきたくて」

「ここに住めばいいじゃないの」

「ありがとう。でも、自分でやれるだけやってみたいから、大丈夫」

亜衣の決意が頑なだとわかったのか、母はそれ以上なにも言ってこなかった。

結局、今、無職であることは言えず、亜衣は実家をあとにした。

翌週、亜衣は予約していた産婦人科医院を訪れた。

「もう赤ちゃんの心音も確認できますね」

どくどくと脈打つ鼓動が聞こえてくる。モニターに映された映像は、とても人の形には見えないのに、必死に生きている命だと思える。たしかにここに自分の子がいるのだ。

「ありがとう、ございます」

「出産を望まれますか？」

「はい……っ、はい、もちろん」

「そうですか。おめでとうございます」

分娩方法や妊娠中の注意事項などいくつかの話を医師として、次の予約を取った。つわりがひどくなっても、吐(は)いて水も飲めない状態でない限りは心配ないと言われたが、少しだけだるく感じるこれがつわりなのかどうか、亜衣には判断がつかない。気持ち悪さはないし、このまま体調に変化があまりなければ、就職活動も大丈夫だろう。

もし、正社員が無理でも、出産ぎりぎりまでどこかでアルバイトでもできればと考えている。将来的には不安だが、この子が生まれてから就職活動を再開してもいいと今は思っていた。

会計を済ませて産婦人科を出ると、すでに空は夕闇が濃くなっていた。吹きつける風の冷たさが足下から身体を冷やす。亜衣はコートの前をぎゅっと掴み、足早に歩きだした。

「亜衣」

その時、ここにいるはずのない人の声が後ろから聞こえて、亜衣はその場に立ち尽くした。振り返ることもできなかった。

だって、こんな偶然が二度起きるはずはない。それに彼が亜衣を探すはずもない。

たとえ亜衣が住むおおよその場所はわかっていても、連絡先すら交換していないし、家族がいるのなら姿を消した亜衣を探しはしないはず。そう思っていたのに。

(どうして……)

もしかして、亜衣を好きだと言ってくれたことは本当だったのか。そんな淡い期待が脳裏をよぎる。だが、一瞬でも喜んでしまった自分を恥じた。

だからといって、彼がしたことも、亜衣がしたことも許されるわけではないのに。

亜衣は気持ちを振り払うように足を踏みだそうとするが、その瞬間、背後から急に抱きしめられて、ふわりとあの日と同じ香りが鼻をくすぐる。

「な、にを……っ!」

彼に抱かれていた時の幸福感まで思い出してしまうと、やるせなさが胸を突く。どうして騙したのかと尊仁を責めたくなってくる。

抱きしめられたら、忘れられなくなってしまう。

必死に好きな気持ちを忘れようとしたのに。ぐっと涙がこみ上げてきて、唇を噛んで堪えた。

絶対に泣きたくない。知らずに騙されショックを受けているなんて、知られたくなかった。

「離して！」

腕を振り払おうとしても、逞しい彼の腕が前に回されていて、身動きできない。

「逃げないでくれ！　頼むから……っ」

どうしてそんなことを言うのか。逃げないでくれ、だなんて。

（自分がなにをしたのか忘れたの——？）

悔しくて、悲しくて、泣きたくなんてないのに堪えきれずに涙が溢れだしてくる。信じてしまった自分がバカだ。朝、尊仁の指輪を見るまで彼の想いを疑いもしなかったなんて。

「ひ……っ、う」

亜衣はしゃくりあげながら、彼の腕の中で全身を震わせる。

騙されたのだとわかっていても、こうして抱きしめられると、抱きしめ返したくなる。腕を押さえられていなければ、彼の胸に顔を埋めて縋りついていたかもしれない。

尊仁を好きな気持ちはちっともなくなってくれない。もう二度と会わなければ、そのうち忘れられると思っていたのに。

「お願い……っ、離して……痛い」

本当は痛くなかったが、亜衣がそう言うと、尊仁はゆっくりと身体を離す。だが、腕をしっかり掴まれていて、逃がさないという彼の気持ちが伝わってきた。

「話があるんだ」

「話なんてっ、私は、ない」

「頼むから聞いて。俺が、あの日言ったことは嘘じゃない。亜衣は、今、妊娠してるんだろう？俺の子だよな」

顔から血の気が引いていくのがわかる。彼に知られてしまった。そうだ、産婦人科の前で彼は待っていた。もしかしなくとも、亜衣の妊娠を知っているのだろう。

なにも答えられず俯いていると、亜衣の腕を掴んだ彼の手が視界に入ってくる。尊仁の左手の薬指には、指輪は嵌められていなかった。だが、長い間指輪をしていたのがわかる。その痕だけ日に焼けず白く残っていた。亜衣の口から乾いた笑いが漏れた。

「違う……あなたの子じゃない」

「嘘だ」

彼が首を横に振る。

亜衣を信じてくれることが嬉しい。同時に、尊仁がこの子をどうしたいのかが気がかりで、背中に冷たい汗が伝った。

「万が一、あなたの子だとしても……認知してなんて言わない！　あなたの家庭を壊すつもりは微塵（みじん）もないから……っ」

「亜衣……聞いて。俺は結婚してない。指輪には事情があるんだ。プロポーズしただろ？　遠くない未来に、全部俺のものになってって。亜衣が許してくれるなら、今から区役所に行こうか。俺をこの子の父親にしてほしい」

指輪には事情がある、とは。

なにを信じていいのかわからなくなる。彼の言うことが本当だったらと期待してしまう自分が怖い。また騙されるのではないかと疑う気持ちが消えない。

「マンションに来てくれないか？　ちゃんと説明する。ここじゃ寒過ぎる。亜衣の身体に障るから」

彼の話を聞いてもいいのだろうか。

亜衣の迷いが伝わったのか、彼の手に力がこもる。話は聞かない、帰ると言っても、帰してはもらえなそうだ。

彼は片手で自分のマフラーを取ると、亜衣の首に巻きつけてくる。尊仁の香りが鼻をくすぐり、彼に抱かれた夜を思い出してしまう。

亜衣は、期待してしまう自分を消すように、濡（ぬ）れた頬をごしごしと腕で拭った。すると、尊仁は亜衣の腕を取り、擦ったせいで赤くなった頬を優しく撫でてくる。

「傷つけてごめんな。不安だっただろ。一人で病院に来させてごめん」

どこまでもあの夜と変わらない態度に、どうしていいかわからなくなる。好きな気持ちがちっともなくなってくれない。

身体を引き寄せられて、亜衣の顔がコートに埋まる。マフラーのおかげか、尊仁の腕の中は温かくて、また涙が溢れてくる。

「大丈夫、俺がいる。ごめん。本当に。亜衣が泣くようなことは、なにもないから」

「……っ、う……ぁ」

不安だった。一人で頑張ってこの子を産もうと思っていたけれど、もし仕事が決まらなかったら、貯金が底をついてしまったら、そんな考えに苛（さいな）まれると眠れなくなった。

父親がいないと子どもが悲しむのではないかと考えて、尊仁に抱かれたことを後悔した。こんな母親では子どもを幸せになんてできないのではないか。だめな親だと自分を責めて、でも不安は消えてくれない。何度泣いたところで事態は変わらない。

「亜衣はなにも心配しなくていい。二人のことなんだから、二人で一緒に考えよう」

当たり前のように言われ、不安に覆（おお）われていた心が軽くなった。一人ではない。二人で考えていけばいい。そんな当然のことも、できないと思っていた。

泣きじゃくる亜衣を抱きしめて、尊仁が宥（なだ）めるように背中を叩（たた）いてくる。まるで親が子にそうするように。

結局、涙はなかなか止まってはくれず、タクシーの運転手に訝しげな顔をされた。後部座席に一緒に座る尊仁はいたたまれなかったはずだ。

尊仁の部屋に辿り着く頃に涙はようやく止まった。だが、部屋の前に来ると、また不安になってくる。

「どうした？」

「部屋に、誰もいない？」

確認するようにそう聞いてしまう。

「いないよ。大学を卒業してからずっと一人暮らしだって言っただろ？　お前以外の女は、ここに入ったこともない」

「そう……」

それが本当かどうか、亜衣には判断できなかった。

「ここは働きだしてから買ったんだ。幸いローンの通りやすい職業だしな。ほら、寒いから中に入ろう」

「うん……お邪魔します」

胸をときめかせていたあの夜とは違う気持ちで、部屋に入る。玄関に女性用の靴がないか、女性用の傘が置かれていないか。誰かの痕跡があるのではないかと疑ってしまう自分を止められず嫌になる。

尊仁はそれに気づいたのか、亜衣の手を引いて、玄関からすぐの部屋のドアを開けた。

「ここは書斎に使ってる」

「そんなこと、聞いてない……っ」

彼は気づいたのだ。亜衣が玄関をチェックしていることに。彼をいまだ信じられないことに。決まりが悪くて拗ねた口調で言い返すと、彼はそんな亜衣に呆れもせずに次の部屋のドアを開けた。

「亜衣に信じてもらうためなら、なんでもするよ。で、こっちは洗面所とバスルーム。寝室……は入ったよな」

かぁっと頬が熱く火照(ほて)る。

「もう……わかったから、いいからっ」

「いいの？　じゃあ、あとにしようか。ソファーに座って、ちょっと待ってて」

「うん」

亜衣の手を離した尊仁はリビングを出ていってしまった。彼が戻ってくると、その手にはタオルがある。

「赤くなってるから、しばらくこうしておいて」

眼鏡が外されて、テーブルに置かれる。

亜衣の目元に濡れたタオルが押し当てられる。泣いたため、瞼(まぶた)が腫れていたのか、水で冷やされたタオルが心地いい。

「落ち着いたら、見てほしいものがあるんだ」

「見てほしいもの？」

亜衣は人肌で温くなったタオルをテーブルに置き、尊仁を待った。

「これを見て」

彼はリビングの収納棚からなにかを取りだして持ってくる。それはビロードの真四角の箱で、アクセサリーを入れるもののようだ。尊仁はそれを開き、そこに収まっている二つの指輪のうち大きい一つを手に取った。

「女性避けに作ったんだ」

「女性避け？」

尊仁はすべての事情を話してくれた。

研修医として病院で働き始めてから、大学の同級生、看護師や患者からのアプローチに辟易としていたこと。友人から「結婚しているふりをすれば」という助言をもらって、周囲にそう言っていたことを。

「でも……どうして二つあるの？」

結婚していると嘘をつくならば、指輪は一つでいいはずだ。亜衣が言うと、尊仁はもう一つの指輪を取りだし、亜衣の手のひらに落としてきた。

その指輪には傷一つついていなかった。誰もこの指輪を嵌めていないとわかるほど、尊仁の指輪と違い真新しさがある。指輪の中に文字のようなものが見えて、亜衣は目を凝らす。

（これ……〝T to A〟って書いてある？）

〝T〟は尊仁だろうか。では〝A〟は――？

まさか、という期待が頭をよぎるが、そもそもこの指輪は亜衣と再会する前に作られたものだ。自分なわけがない。

だとしたら、べつの〝A〟という女性がいるのだろうか。いや、結婚していると嘘をつくために作られたもの。ならばアルファベットの最初の文字を適当に入れただけか。これを亜衣に見せて、尊仁はどうしたいのだろう。

「いつか、渡せたらいいっていう願望……かな」

「だ、れに……」

自分の声は驚くほど掠れていた。期待しないようにと思っても、どうしたって期待してしまう。もしかしたら、この指輪は亜衣のために用意されたものなのではないかと。

「〝A〟は亜衣で合ってるよ」

「でも……だって……嘘」

信じられない思いで目を見開くと、なぜか尊仁はばつが悪そうな顔をして手のひらで口元を覆った。耳がかすかに赤い気がするのは、照れているのだろうか。

「……嫁にしてたんだよ」

「嫁って……誰を？」

「亜衣以外に誰がいるんだ」

「わ、私……っ⁉」

「初恋の相手を勝手に妻にするなんて気持ちが悪いって友人には言われたな。写真まで用意して」

「写真？」

亜衣が聞くと、尊仁はなにかを覚悟するような顔で、写真を取りだした。それを見て言葉にならないほど驚く。そこには亜衣がいた。昔のではなく、二十八歳の今の亜衣が。

「写真を加工できるソフト、いろいろあるだろ、それで……卒業アルバムから」

勝手に人の写真を使っていたことに申し訳なさがあるようで、尊仁は「ごめん」と謝る。

「亜衣と再会できるなんて夢にも思ってなかったし。本当は指輪だって二本作る必要もなかったんだけど……いつか本当に渡せたらなんて夢を見た。偽装結婚の相手を亜衣にしてしまうくらい、忘れられなかった」

いつか本当に渡せたら——と、指輪を作った？

そんなにずっと亜衣を想い続けていてくれたのだろうか。

彼の言うことをすべて信じられるかと言われたら、正直わからない。だが、真新しさのない写真、それにビロードケースにしまわれた傷一つない指輪が、その証拠のような気がして、亜衣は不覚にも喜んでしまった。

（指輪、私に……渡したいと思ってくれてたの？）

胸がくすぐったくなって、彼の顔を真っ直ぐに見られない。照れくささは尊仁も同じだったのか、彼はばつが悪そうに指先で自分の指輪を弄っていた。

「ニセモノだけど……嘘でも亜衣と結婚したかと思うと、指輪に愛着が湧いてきて、ほとんど外してなかったんだ。周囲に俺は結婚してるとわからせるためだったし、あの夜も指輪のことなんか頭になかった。ただ、亜衣と再会できて浮かれてて……朝起きて、お前がいないことに気づいて、やっと誤解させたかもしれないと思い至った。眼鏡なくて、帰るの大変だっただろう？ごめんな」

尊仁は謝ってくれるが、彼だけを責められない。

朝起きて、勝手に誤解して黙っていなくなったのは自分。あの時すぐに尊仁を起こしてでも聞けばよかったのに、できなかった。母のことが頭に浮かび、尊仁も同じだったのかと幻滅した。同時に自分の罪を自覚してしまって、冷静にはなれなかった。

「私が、勝手に誤解して帰ったの。ちゃんと、確認すればよかったのに……ごめんなさい」

「いや、亜衣は悪くないよ。指輪で周囲が勝手に誤解してくれるのを知ってて、嵌めたままだった俺が悪い。あの夜は亜衣に触れられることが嬉し過ぎて……舞い上がってた。連絡先も知らないままだったし、慌てて調べてもらって、亜衣の妊娠を知ったんだ」

尊仁は後悔を吐きだすように呟いた。何度も「ごめん」と謝ってくる。

「亜衣と家族になりたい。この子を一緒に育てたい。だめ？」

　両手を取られて、尊仁の指が絡められる。

　真っ直ぐに見つめてくる彼の目に嘘はないと思いたいのに、まだ不安は消えない。好きだと言う彼の言葉は純粋に嬉しい。

　けれど、彼からしても妊娠は想定外だろう。亜衣の妊娠を尊仁は喜んでいるのだろうか。避妊が完璧ではなかったと、後悔していないか。

「責任を感じてるだけなら……」

「そんなわけないだろっ。嬉しいんだよ。亜衣と再会できて夢みたいに嬉しかった。俺との子がお腹にいるんだって知って、喜ばないはずがない」

　眉根を寄せた彼は泣きそうな顔で亜衣を見た。信じてくれと訴えてくる瞳が切実で、彼の言葉をそのまま受け取りたくなってしまう。

「亜衣が信じられない気持ちもわかる。もっと時間をかけて、恋人になっていたら違っていたのかもしれない。でも俺は、あの夜のことを後悔なんてしない。好きな女を抱きたいと思った。お前は……それに応えてくれたんだよな？」

　そうだ。亜衣はたしかにあの夜、尊仁を愛した。この人にならすべてを晒(さら)してもいいと思ったのだ。

　彼の漆黒の瞳が真っ直ぐに亜衣を好きだと、大切だと伝えてくる。もう一度信じてもいいだろうか。あの夜に再会したのも、またこうして二人でいられるのも、絆があったのだと。

「私とね、同じような子にしてしまうと思ったの。お母さんは……相手が結婚してるって知らずに妊娠したから。認知もしてもらえなかった。お母さんの時みたいに、もし久保くんに『堕ろせ』って言われたらどうしようって……打ち明けられなくて……っ、誰にも喜んでもらえないと思ったら、この子に申し訳なくて」

母に妊娠を告げた時の顔。あれは、おそらく過去を思い出しての後悔だろう。亜衣が同じことをしたのは、自分のせいかもしれないと思い詰めていた。「違う」と言ってあげられなかった。

「堕ろせなんて言うわけがない。父親のいない子にはさせないよ。俺と一緒に育てよう。亜衣と家族になりたいんだ」

頭を引き寄せられて、指で髪を梳かれる。

尊仁に寄りかかっているとほっとして、身体から力が抜けそうだ。泣きたくもないのに涙が滲んで頬を伝った。こんなにも気持ちが落ち着いたのは妊娠してから初めてだ。

「うん……」

「あの日、亜衣の眼鏡を壊してよかったとさえ思った。誰よりも会いたかった人に、再会できた」

手を取られて、左手の薬指に指輪が嵌められる。真新しいプラチナリングは、まるで初めからそこにあったかのようだ。

「サイズ……ぴったり」

「さすがにこれは偶然だけどな。亜衣が好きなデザインで作り直そう。それまでは、これ嵌めておいてくれるか？」

自分の薬指に輝く指輪を信じられない気持ちで見つめる。

「私、これがいいな」

左手を翳すと、傷一つないプラチナリングに室内の明かりが反射し光る。

尊仁は自分の指輪に愛着があると言った。それとお揃いの指輪だ。これからずっと、彼と自分の歴史を刻んでいってくれたら嬉しい。

頭をさらに彼の方へ引き寄せられると、自分の力では体勢を保っていられず、完全に寄りかかる形になる。重くないだろうかと窺うが、尊仁は気にもしないらしい。

（いいのかな……）

亜衣は身体の力を抜いて、顔を埋めた。

「診察でなにか言われた？　二ケ月くらいだよな」

耳のすぐそばで聞こえる声に胸が高鳴る。

「赤ちゃんの心音……聞いた。なんか点みたいなの、心臓なんだって」

「俺も見たいな」

医師の尊仁には珍しくもなんともないのではと思ったが、予想に反して彼は嬉しそうに言葉を返してきた。

「母子手帳はもらった？」

「うん」

「父親のところ、俺の名前を書いて」

返事の代わりに微笑むと、顔が近づいてきて額に唇が触れた。続いて、目尻や頬にキスをされると、自然と目を閉じてしまう。

どうしてこんなに尊仁に惹（ひ）かれるのだろう。

彼の言うことを全部信じられたわけではないのに、キスをされるとわかっていても抗（あらが）えない。引力のようなものが働いているとしか思えない。抱きしめてほしくて、もっと触れてほしくて堪らなくなる。

「ん……」

唇を優しく塞（ふさ）がれて、吐息が彼の口の中に呑み込まれた。ちゅっと軽く口づけられただけで、すぐに唇は離される。瞼を持ち上げ、彼の唇を物欲しげに見つめてしまう。

「キスしてほしそうな顔してる」

指先で唇の上を撫でられて、一気に頬に熱が集まってくる。

「そんな顔……してない」

「俺はもっとしたかったよ。あぁ、そうだ、あとで婚姻届書いてくれるか？　早く出しにいかないとな」

亜衣が頷くと、満足そうに尊仁は額に口づけてくる。

まだ夢見心地でいる亜衣に、与えられるキスが現実だと教えてくれた。

「キスだけ、させて」

「うん」

触れるだけのキスが贈られて、亜衣は自分から口を開けた。上唇を軽く甘噛みされると、泣きそうなほど幸せで、もっと欲しくなってしまう。

ソファーに倒れ込むと、尊仁が覆い被さってくる。優しく食むような口づけは、徐々に深くなり、あの夜を彷彿とさせるキスに変わっていった。

「……っ、ん……はぁ」

口の中で彼の舌が動く。必死に彼のキスについていこうと思っても、頭の芯がじんと痺れるような感覚がして、なにも考えられなくなっていく。

体重をかけないように抱きしめられると、足に彼の熱くなった昂りが触れて、亜衣は身を竦ませる。

「反応するのは許せよ」

彼は苦笑しながらそう言った。嫌だったわけではない。ただ、尊仁が亜衣に反応してくれることが嬉しかっただけだ。正直に口に出せはしないけれど、キスしたい、触れあいたいと思っているのは彼だけではない。

「久保くん……」

「尊仁」

「え……？」

亜衣がなにを言われたのかわからず戸惑いながら聞き返すと、からかうような眼差しがそこにあった。

「尊仁って呼んで。俺たち、結婚するんだよな？」

「た、たか……っ？」

顔を真っ赤にさせて口ごもる。いきなり〝久保くん〟から〝尊仁〟呼びは、男性と付きあった経験のない亜衣にとって非常に難易度が高い。

「俺の嫁の亜衣は、尊仁くんって呼んでたな」

彼はどこか開き直ったようにあっけらかんと言ってくる。なんだか彼はそう呼んでほしそうだ。たしかに呼び捨てよりかは呼びやすいが、彼の想像上の自分はどのような女性だったのだろうと考えると、少しモヤモヤしてくる。自分に嫉妬するなんておかしな話だが。

「尊仁……くん？」

「うん」

恥じらいながらもそう呼ぶと、尊仁は頬を綻ばせて額を押し当ててきた。

「亜衣、もう一回、キスしていい？」

「ん……」

亜衣が口を開けると、唇の隙間からぬめる舌先が入り込んでくる。すぐに息遣いが荒くなってきて、下肢に熱い彼のものが押し当てられる。

「はぁ……っ、ん」

「可愛い声出して誘うなよ。我慢できなくなる」

唇の隙間から熱っぽい吐息と共に囁かれる。足に当たる彼の屹立は、スラックスが盛り上がるほどに大きく膨らんでいた。

口づけはあっという間に深くなる。口蓋を舐められて、重い快感が腰からじんと湧き上がってくる。尊仁と触れあっているところが全部熱い。太ももに硬く張った陰茎を擦りつけられて、その先端がスカート越しの秘裂に触れると、口づけの合間に漏れる喘ぎ声が止められなくなる。

「だって……ぐりぐり、するから……っ」

「あとで抜くから。これは気にするな」

気にするなと言われても、気になる。

男性はこういう時我慢するのが辛いと聞く。あとで抜くと言われるとそれはそれで想像力が逞しくなってしまい、頬が熱くなる。

「それとも……中に、欲しくなった？」

妊娠中の今は少し怖い。それでも愛されたい欲求はあった。亜衣は恥ずかしさから尊仁の首に腕を回し、胸に顔を埋めながら囁いた。

「うん……欲しい」

そう言った瞬間、彼の身体がガバッと離される。

身体中にある酸素をすべて吐きだすようなため息が、尊仁の口から漏れた。そしてなぜか「本物やべぇ」と言ったあと「法隆寺……姫路城、屋久島、白神山地……厳島神社……知床……」と呟いている。旅行にでも行きたいのだろうか。

「た、尊仁くん？」

「だから……我慢できなくなるから、誘うなって言った」

「……？　あの、妊娠中にするのは……やっぱり、だめなの？」

亜衣が尋ねると、身体を起こした彼は仕方がないな、とでも言いたげに苦笑した。

「まだ安定期入ってないからな。もう少しだけお預け。一緒に我慢すれば辛くないだろ？」

「尊仁くんは……平気？」

「会えなかった期間に比べたら、一緒にいられる分幸せだよ。写真を見ることしかできなかったから。それに、やっぱり少なからず危険もあるし」

「危険？」

あまりに激しくして中に傷がつくと感染症にかかる可能性もある。男性の性器についた細菌で感染する可能性も。なにか起こっても妊娠中に飲める薬はさほど多くないため、安定期に入っても避妊具をした方がいいのだと聞かされて、彼の優しさに胸が温かくなった。

「ありがとう。いろいろ考えてくれて。結婚するのが尊仁くんでよかった」

「だから……そういうこと言われると、また勃ちそうになるから。お前、想像してたより、ずっと……」

尊仁はそう言いかけて口を噤む。

我に返ったように口元に手を当てて、耳を赤くしていた。

「想像ってどんな……？」

「そこは聞くな」

彼はため息をつきながら、ソファーに座り膝を抱えてしまった。一八〇を超える長身だというのに、小さく丸まっている姿はなにやら可愛い。

「その想像の、尊仁くんの奥さんの私は……どんな感じだったの？　あの、話しにくいなら……いいんだけど……」

亜衣は身体を起こして尋ねる。

いざ結婚して、本当の亜衣を知ったら、がっかりするのではないだろうか。おそらく彼の中で亜衣はかなり美化されているだろうから。

「想像してたほどじゃなかったって、幻滅しない？」

「するわけない……それどころか、本物は想像を超えてて、いろいろ参ってるくらいだ」

「本当に？　私、平々凡々だよ。今は無職だし」

彼の気持ちを疑っているわけではないが、落胆されたくなかった。

「再会した夜にもう一度恋をしたって言っても、そう思う？」

髪が梳かれて、瞼に口づけが落とされる。

その時『本物』という言葉が頭の片隅に引っかかった。あの夜の彼は、本物がどうだと何度か言っていなかったか。

『可愛いなぁって思っただけだよ……つか、本物の威力半端ないな……』

（まさか、本物って……私のこと？）

ピースがぱちぱちとはまっていき、口元が緩む。嬉しくて心が浮き足立つのを止められない。

尊仁は、想像上の妻ではなく、とっくに亜衣自身に恋をしてくれたのだ。

「俺は女性に対しては慎重過ぎるほど慎重だった。女性避けのために指輪までしてたんだ。わかるだろ？　でも、亜衣に対してはそうなれなかった」

「でも私、恥ずかしいくらいぼろぼろの格好してたよね」

「姿形は関係ない。ずっとお前だけを求めてたんだって、あの時、気づいた。お前が変わってなかったのも嬉しかった」

「変わってなかった？　私」

「あぁ、綺麗にはなってるけどな。それに、再会した喜びはたしかにあっても、本当は部屋に誘うつもりはなかったんだ。でも、亜衣を知れば知るほど離れがたくなって、帰してあげられなかった。むしろ……勝手に嫁扱いしてた俺の方が気持ち悪いだろう？　指輪やら写真やらで失望されたらどうしようかと、実はかなり不安だった」

亜衣は目を瞬かせて、尊仁を見つめた。

この部屋に来てから彼は片時も亜衣を離そうとしない。もしかして、亜衣がいなくなるのではと思っているのだろうか。

あの夜に好きだと返したのに。尊仁を信じると言ったのに。亜衣は逃げてしまった。朝起きて隣に亜衣がいないことに彼はひどく落胆しただろう。女性に対して慎重だったからこそ、彼もまた亜衣に裏切られたように感じたのではないか。

「失望なんて、しない」

「もう一度、俺を好きになってくれるか？」

軽蔑されるのではないか。逃げてしまうのではないか。と、彼の双眸が不安げに揺れていた。

「もう一度じゃない。あの夜からずっと好きなの。好きって言ったことは、嘘じゃない。忘れようとしたけど、忘れられなかった……っ」

亜衣の言葉に胸を撫で下ろしたように尊仁は目を細めた。

「あなたが結婚してなくて、本当によかった」

愛おしさが溢れて、彼に触れたくなった。キスしたくて、尊仁の袖をつんと引っ張る。尊仁が近づいてきて、啄むような口づけが贈られた。

「もっと、してほしい」

尊仁の首に腕を回して、自分から彼の頭を引き寄せる。頬を両手で包み込むと、食らいつくような口づけに変わっていく。

「お前……本当に、もう」

参った、とでも言いたげな呟きが聞こえる。そして彼の赤く染まった頬と、劣情に濡れた目が視界に映った。

「なに？」

「なんでもない。安定期まで、あと……三ヶ月くらいか……我慢できるか？」

亜衣の頭を腕に乗せて、尊仁が真横に寝転がった。広々としたソファーだが、さすがに二人で横になっていると狭い。

「それ、落ちない？」

「じゃあ、落ちないように抱きしめさせて」

頭ごと胸の中に包み込まれて、亜衣は彼の背中に腕を回す。

「ねぇ、そういえば……どうして妊娠のことわかったの？」

「亜衣には悪いと思ったけど……調べさせたんだ。もし誤解してるなら早く解きたかったし、連絡先すら知らずに終わるのは嫌だったから。妊娠を知って、早く会いに行かないとって焦ったよ。

でも、知った時は嬉しかった。俺は……家族の縁が薄いから」

「お母さんは？」

「四年前に病気で亡くなってる」

「そうだったんだ」

母一人子一人なのは知っていたが、その母親すら亡くしていたとは。亜衣が申し訳なさそうに言うと、尊仁はなんでもないというように笑った。すでに乗り越えているのだろう。

「もう一人には慣れたよ。亜衣の家族は？」

「お母さんは再婚して、前の実家とはべつのところに住んでるの。同じ区内だけどね。二十二歳離れた弟ができたんだ、瑛人って言うんだけど……」

「そうか」

可愛くてね、とはしゃぐ亜衣の髪を撫でてくる彼の手は優しい。なんだか、視線だけで好きだと言われているみたいで、瑛人の話をしていたのに急に気恥ずかしくなってしまった。亜衣は慌てて話題を変える。

「あ、そうだっ。お母さんに妊娠のこと言っちゃったんだ。一人で産むって」

自分がシングルだったため強くは言えないようだったけれど、母は亜衣を案じてくれていた。早めに誤解だったと言った方がいいだろう。

「じゃあ、すぐに結婚の挨拶に行こう。心配してるだろ。謝らなきゃな」

「それは……私が勝手に誤解してたんだから」

「だめ。ちゃんとしておこう。理由も話して納得してもらわないと、心配する」

「尊仁くんは……誰か、結婚の報告する人いないの？　あの……お父さん、とか」

「それは気にしなくていい」

彼はきっぱりと言った。尊仁が昔「愛人の子」「父親に捨てられた子」そう言われていたことを思い出す。噂話が本当なのかも亜衣にはわからなかったが、結局それ以上は踏み込めなかった。

髪を梳かれ、頭を撫でられているうちに次第に瞼が重くなってくる。

ここ最近、妊娠や将来の不安でなかなか寝付けなかった。安心したせいで一気に眠気が押し寄せてきたみたいだ。

「眠い？」

「ん……ちょっと、だけ」

すぐ近くで響く心臓の音が子守歌のように聞こえてきて、うつらうつらしてくる。

「いいよ。起きたらまた話そう」

「う……ん」

髪を梳く手が心地いい。

「婚姻届、もう俺のサインはしてあるから。起きたら書いて。出しに行こうな」

尊仁がなにかを話している気がしたが、声が遠くてよく聞こえなかった。

左手を取られて指輪の上に柔らかいなにかが触れる。ちゅっと軽い水音がしてぴくりと指先が震えると、愛しそうに指が絡められた。

「本当……想像してたよりずっと……可愛くて、参る」

うつらうつらしながら、耳に届いた言葉は夢だろうか。

夢じゃなかったらいいのに、と願いながら、亜衣は眠りに落ちる。

浮遊感がして、どこかに身体が沈んだ。「おやすみ」という声と共に、額になにかが押し当てられた。

睡眠不足を解消するように、亜衣はぐっすりと寝入ってしまった。

結局、起きてすぐ、夜も更けた時間に婚姻届を記入すると、その日のうちに彼と入籍を済ませる運びになったのだ。

第四章

入籍から二ヶ月後の三月、ようやく亜衣は尊仁と共に実家を訪れた。

時間がかかったのは、つわりがひどく亜衣が動けなくなってしまったからだ。入籍の報告は先に電話で済ませてある。報告を聞いた母の声がほっとしていたように聞こえた。

そして引っ越しを機に、尊仁のマンションから数駅離れたところにある松浦総合病院の産婦人科での出産を決めた。

以前に通院していた病院もマンションとそう離れてはいない。けれど、今のマンションからの通院を考えると松浦総合病院は利便性が良かった。

尊仁に相談すると『松浦総合病院？』となぜか驚いた顔をしていたが、特に反対はされなかった。

毎日が幸せで満たされている。大学病院で勤務する尊仁はかなり忙しいが、もともと自分で弁当を作るほどにマメなタイプで、家事の負担は一人暮らしの時とそう変わらない。

これからは亜衣が弁当を作ると宣言しただけで「まさか夢が現実になるなんて」などと言って大げさなほど喜んでくれるのだ。大事にしてくれる。これ以上ないほどに。

「亜衣さんを不安にさせたこと。申し訳ありません。電話でお話しした通り、入籍をさせていただきました」

亜衣の実家で頭を下げた尊仁を、母は安堵の表情で見つめていた。

電話で報告をした際、誤解があったことを母に話すと「モテる男は大変ね」と言って笑っていたから、認めてくれたのだと思う。

父と瑛人(えいと)は話の邪魔になるからと二階で遊んでいる。その父もなにやら複雑そうな表情を浮かべながらも、亜衣の結婚を祝ってくれた。

「仕事は産休を取るの？」

「あ……えっと」

母に会社を辞めた話はできていない。まだ亜衣がロケートで働いていると思っているのだ。どうしようかと迷っていると、尊仁が代わりに口を開いた。

「俺があまりに心配で。妊娠がわかってからすぐ退職してもらいました」

亜衣が驚いていると、視線だけで「これでよかった？」と彼が微笑(ほほえ)む。亜衣もありがとうと目線を返して、母に向けて頷(うなず)く。

「うん、そうなんだ」

尊仁にはロケートを辞めた本当の経緯は話していない。退職の経緯(いきさつ)に不倫疑惑があったなどと結婚したばかりの夫に言いたくはなかった。それに、もう終わったことだ。亜衣としては早く忘れたかった。

「そうね……母と子で似るかはわからないけど、私もわりとつわりは重い方だったから、できれば亜衣には家でゆっくり過ごしてほしかったの。尊仁くん、ありがとうね」

「いえ」

「よかったわ、本当に」

母は目を潤ませ、ハンカチを目に当てた。なにも言わなかったけれど、本心では亜衣の妊娠をかなり心配していたのだろう。

「妊娠が先になってしまいましたけど、精一杯、亜衣さんを幸せにします。出産前には結婚式を挙げられるように調整しますので」

「そう。よかったわね、亜衣」

「えっ、結婚式するの？　あの、それ平気なの？」

妊娠が先だったため、てっきり結婚式はしないものだと思っていた。

それに、尊仁はもうすでに結婚していると職場に報告をしているのだ。今さら、結婚式をするのはおかしく思われないだろうか。

「したくなかったか？」

「まさか！　嬉しいけど……」

「妊婦でも着られるウェディングドレスあるだろ？　俺が着てほしいんだよ」

「うん……いいの、かなぁ」

「当然」

ウェディングドレスを着るのはほとんど諦めていたから、喜びがじわじわと胸に広がる。つい緩む頬を抑えきれずにいると、それを見ていた母が懐かしそうに目を細めた。

「二人が結婚かぁ。大きくなったわよねぇ」

「え……？」

くすくすと笑いだした母に、尊仁と目を合わせて首を傾げた。

いったいなんだろう。

「だって久保くんって、亜衣の初恋の男の子でしょう？　お母さん見たことあるもの」

「え……な……っ、なんで!?」

どうして母が知っているのだろう。亜衣は驚きに目を見開く。

まさか知られていたなんて考えてもみなかった。中学時代、尊仁の話など一度だってしたことはないのに。

顔に熱が集まってきて、恥ずかしさでわなわなと唇が震えて言葉にならない。隣に座った尊仁も驚いて顔をしていたが、なんだか嬉しそうだ。それがよけいにいたたまれなかった。

（なんで知ってるの……っ!?）

亜衣が動転しているのがわかったのか、母は得意気に種明かしをしてきた。

「卒業式の日、あなた友達と一緒にいるのに気もそぞろで、久保くんのこと目で追ってたでしょ。その時、あぁ、亜衣はあの男の子が好きなんだなって気づいたの。かっこいい男の子だからモテるだろうなぁって思ってたのよ。あなたが意外にも面食いだったことにびっくりしたし」

「べつに顔で好きになったわけじゃないよ！　そりゃ顔も、好き、だけど……」

亜衣が真っ赤な顔で言い返すと、母からは生温かい視線が送られる。

「あらあらそう～その調子で仲良くしなさいね」

母の視線が隣の尊仁に移り、亜衣もちらりと横目に見ると、口元を押さえた尊仁が耳を赤くして照れていた。そんな顔をされたら、ますます亜衣まで恥ずかしくなってくる。

「ねぇねぇ、お話終わった？」

リビングの階段近くで様子を窺っていたのか、瑛人がひょっこりと顔を出して聞いてくる。階下が賑やかになったため仲間に入れてほしくなったのかもしれない。

「終わったよ。あ、お父さんにもお話終わったって伝えてくれる？」

亜衣が言うと、瑛人は階段を駆け上がり、大声で「お父さ～ん！」と呼んだ。

「瑛人！　階段走らないのよ！」

母の大声がリビングに響き渡った。対して瑛人は「はーい」と返事はするものの、二階に行き、またもや走って階段を駆け下りてくる。

ため息をつく母を見て大変そうだなと思いつつも、幸せな光景だとも感じる。小さい頃の亜衣は瑛人ほどやんちゃではなかったはずだが、母の愛おしそうな目を見ると、こうやって自分のことも育ててくれたのだとわかるからだ。

尊仁も同じように感じたのか、瑛人へ視線を送りながらもテーブルの下で亜衣の手をきゅっと握ってくる。目が合って微笑むと、彼も笑みを返してくれた。こういう温かい家庭を作っていこうと言われているみたいだ。

「お兄ちゃん！　遊ぼう！」

「お～いいよ。なにする？」

「ブロック！」

瑛人は二階からブロックを運んできて、尊仁の前に広げる。

尊仁は「懐かしいな」と言いながらも、一緒になって楽しそうに遊んでいた。きっと尊仁ならば、亜衣と作る家庭も大事にしてくれる、そう思える光景だった。

「ねぇ、亜衣ちゃん、見て！　お兄ちゃんすごいよ！」

「うん？」

尊仁は、真剣な顔をしてなにかを作っていた。

「尊仁くん、なに作ってるの？」

「ん？　まぁ、見てて」

一度始めると途中で止められないのか、彼は亜衣の言葉に返事をするものの目はブロックへと注がれたままだった。

「こういうの、小さい頃から好きだったんだよな。はい」

尊仁は手にしたブロックを瑛人へと渡した。

五分ほどでできたのは、ずいぶんと立派な飛行機だ。色合いまで完璧に計算されているようで、翼が左右対称のグラデーションになっている。さらに言えば窓まであった。

「お兄ちゃんすごい！　僕も作りたい！」

「じゃあべつのを作ろうか」

彼の大きな手が小さなブロックを掴んで組み立てる。

亜衣はそれを見ながら、綺麗な手だなと見惚れていた。不思議なものだ。一緒に過ごせば過ごすほど、彼を知ってもっと好きになる。

今となっては、あの日の偶然の出会いがなかったらなんて考えられないほどだ。

一時間ほど遊んで実家を出た。遊び疲れた瑛人が昼寝を始めたため、そのタイミングで帰ってきたのだ。

マンションに帰ると、久しぶりに外に出たからか全身がどっと疲れていた。亜衣がソファーの背にもたれかかると、尊仁が温めたカフェインレスの紅茶を淹れて持ってきてくれる。

「ありがとう。瑛人の相手大変だったでしょ？　ごめんね、明日仕事なのに」

「いや、楽しかったよ。いい子だな。それより亜衣も疲れただろ？　顔色、あまりよくない。貧血症状は出てないよな？　血液検査の結果はあるか？」

「貧血は大丈夫だって。食事も気をつけてるし。ちょっと疲れちゃっただけ……夜ご飯なににしようか。準備しないと」

尊仁にあまり心配かけるのもと思い、のろのろと身体を起こす。なんでもない風を装っていたが、帰ってきて気が抜けたのか本当は指一本も動かしたくないくらいだ。

(病気でもないんだしね……動かなきゃ)

引っ越しの荷物だって、実はまだ片付け終えていない。やらなければならないことはたくさんある。

「いいから、寝てろ」

立ち上がろうとする亜衣を制したのは尊仁だ。

「毎日何人も患者を診てるんだ。痩せ我慢が俺に通用すると思う？」

「ごめん」

「怒ってない。ただ、頼ってくれた方が嬉しい。前に言っただろ？　二人のことは二人で考えようって。亜衣はなんでも一人で頑張ろうとし過ぎだ。もっと頼ったっていいんだよ。産むのは亜衣でも、二人の子どもだろう？」

諭すように言われて、気づかされる。

母は仕事が忙しいのだから、甘えてばかりじゃなく自分でなんでもできるようになろう。早く母を楽にしてあげよう。小さい頃からずっと亜衣はそう思って生きてきた。

母が自分の幸せを見つけた今は、大人なのだから一人で頑張らなければと。

妊娠してからは、自分しかこの子を守ってあげられないのだからと。

それなのに、尊仁に頼ってもいいと言われると、寄りかかって甘えてしまいたくなる。本当にいいのだろうか。

「私……甘えたら……面倒くさいかも」

隣に座った尊仁の肩にもたれかかる。

すると、頭を胸の中に引き寄せられた。

「いいだろ。俺だってお前にこうして甘えてる。お互い様だ」

「これ、甘えてるって言う？」

「言うだろ」

亜衣が手を差しだすと、指が絡められる。それだけのことで胸に安堵感が広がった。

一人で頑張らなくてもいい。尊仁がそばにいてくれる。

それが、今の亜衣にとってどれだけ心強いか。

「だるいだけ……なんだけど。今日は動きたくない、ごめん」

目を瞑(つむ)りながら、弱音(はね)を吐く。

言葉にするとよけいにだるさが増して、なぜか目に涙が滲(にじ)む。

妊娠してから、感情の起伏が激しくなった。これまでの亜衣は滅多に泣かなかった。自分は強い方だと思っていた。けれど尊仁に会ってから、亜衣の涙腺は緩みっぱなしだ。

「謝るなって。なにかしてほしいことは？」

「お腹、空いた……眠い。ぎゅってしててほしい」

子どものように舌っ足らずな口調で亜衣が言うと、小さく笑った尊仁が「了解」と逞(たくま)しい腕の中に閉じ込めてくる。

尊仁に抱きしめられていると、不思議なもので、不安が全部凪(な)いでいく。

「食事作ったら、またしてやるから。ちょっと待ってろ」

尊仁はそう言って席を立った。去り際に亜衣の髪を撫(な)でるのも忘れない。

やがて瞼が重くなってきて、キッチンの音を聞きながら、亜衣は深い眠りに落ちていく。

部屋に漂う美味しそうな匂いで目が覚めて、亜衣がゆっくりと身体を起こすと、身体からブランケットが落ちた。どうやら眠ってしまった亜衣に尊仁がかけてくれたらしい。

「起きたか。夕飯食べられる？」

「ん……大丈夫」

立ち上がろうとすると、ふらりと身体が揺れる。やはり貧血だったのだろうか。頭がくらくらして、そのまますとんとソファーに逆戻りしてしまった。

「無理するなよ。大丈夫じゃないだろ」

尊仁が慌てた様子で亜衣の身体を支える。

「ごめん……平気だと思ったんだけど」

「いいから座って」

彼はやや憮然(ぶぜん)とした様子だ。怒っていないと言っていたが、やはり亜衣に思うところがあったのだろうか。亜衣が謝ると、尊仁は決まりが悪そうな顔をする。

「ごめんね」

「あ～違う。俺がごめん、だ」

尊仁はため息をつきながらソファーの前に膝をついた。

「俺の母親も無理をする人だったから、我慢強いのは逆に心配になるんだ。患者相手なら、冷静でいられるんだけどな」

「あ……」

そうだ、彼は母親を亡くしている。たしか四年ほど前だと聞いた。

病気だと言っていたけれど、大学を卒業してすぐならば、普通に考えて早過ぎる死だ。亜衣が無理をして動こうとするのをきっと見ていられなくなったのだろう。

「助けてもらうの、あまり慣れてなくて」

迷惑をかけないように一人でなんとかしなければと考えてしまう。甘えて頼っていいと言ってくれたのに。

「じゃあ少しずつ慣れよう。亜衣にもっとわがままを言われたいって、俺の夢を叶えてくれないか？」

「尊仁くんの奥さんだった私は、わがままだったの？」

なんだか変な質問だ。

彼の想像上の妻である自分と張り合うなんて。耐えきれずに笑うと、彼は大真面目な顔で「想像上の亜衣もわがままじゃなかったんだ」などと言ってくる。

「そうだ。フルーツ切ったんだ。本当は食後にしようかと思ったんだけど、摘まむ？」

「うん、食べたい」

彼はキッチンへ行くと、すぐに皿を手に戻ってきた。皿の上には美しく飾り切りされたフルーツが載っていた。店で買ってきたのかと思ったが、先ほど尊仁は「フルーツを切った」と言っていた。

「なにこれ？　すごい可愛い！」

リンゴはふわっと広がった花のようになっているし、いちごはハート型だ。キウイは蓮の花のようで、皮で葉っぱまで表現されている。いよかんは、半分に切った皮を器代わりにしてあり、見ているだけで楽しいし可愛い。

「これ尊仁くんが切ったの？」

「あぁ、時間あったからな。ほら」

尊仁はフォークに指したいよかんを亜衣の口元に運んできた。口を開けろということらしく、一口サイズに切ったいよかんを食べさせてもらう。ほどよい甘さと酸っぱさが口の中に広がり、するっと喉の奥に流れていった。

「料理もそうだけど、細かい作業が好きなんだよな。パズルとか、ブロックとか。完成させた時、達成感があるだろ？　はい、もっと食べる？」

「食べる」

綺麗に切ってくれたのにもったいないと思いながらも、差しだされたフルーツを次から次へと食べていく。

「いつか、こうやって本物の亜衣に食べさせたいって思ってた」

夢が叶った、と尊仁が言う。

「げほ……っ」

思わず噴きだしそうになってしまった。

「こんなことしたかったの？」

「そう。ちなみにしてほしいとも思ってる。いい歳してなに言ってるんだって思う？」

「恥ずかしいけど、それはべつに。私も甘えてほしいもの。ねぇ、これでいいの？」

亜衣はキウイをフォークで刺し、尊仁の口元に持っていった。甘えてほしいと言ったものの、胸がくすぐったい。尊仁の顔が赤いのは気のせいではないだろう。

「美味しい？」

亜衣が聞くと、尊仁は頷いて相好を崩す。

そんな幸せそうに微笑まれるとなにも言えなくなる。一人で頑張らなければなんて考える必要はどこにもなかった。

「これからずっと一緒にいるんだから、苦しいことや辛いことは二人で解決していこう。な？」

「ずっと、一緒かぁ……ねぇ、ほかにしてほしいことある？」

「ほか？　たくさんあるよ。お前は、聞かない方がいいと思うけど」

「なにそれっ？」

亜衣が聞くと、尊仁はつっと目を逸らした。いったいなんだろう。そして片手を出して指折り数える。

「手料理、弁当は叶って。あーんもクリア。あとは膝枕、耳かき、裸エプロン、白衣プレイ……」

後半は聞かなかったことにしよう。

「したいし、されたい」

「裸エプロンも⁉」

「そこじゃない！」

驚いて聞くと、尊仁は耐えきれなかったのか肩を震わせて笑いだす。

このままずっとこんな時間が続いてほしい。幸せで感情が揺さぶられて、彼といると泣きそうになるばかりだ。亜衣はこみ上げてくる涙を隠すように尊仁に抱きついた。

「どうした？」

「幸せだなって思っただけ」

「そっか」

尊仁の胸に包まれていると疲れが薄れていく気がする。安心するからだろうか。

逞しい腕に強く抱きしめられるだけで、満たされて、気持ちが落ち着くのだ。

「あ、そういえば結婚式、病院の人にはなんて言うの？」

胸の中から顔を上げて聞く。

尊仁はもうすでに入籍している設定だ。これから式を挙げるなら、いろいろと相談しておいた方がいいだろう。そう思ったのだが、尊仁はあっけらかんと言葉を紡ぐ。

「普通に結婚しましたって言うよ」

「それで平気なの？」

「驚かれるだけだろ。まったく問題ない。長い片思いの末に運命的な再会をして結ばれましたって、本当だしな」

偶然再会し結婚に至っただけなのに、言葉にするとずいぶんドラマティックだ。

すでに既婚者だと周囲を騙していたわけだが、誰に迷惑をかけたわけでもないのだから問題ないと彼は言った。

「本当のことを知ってる友人も何人かいるから」

「尊仁くん……友達できたんだね」

そういえば、亜衣が再就職先を探していた時、友人の事務所を紹介すると言っていた。中学の頃は一人でいるのを好んでいるようだったけれど、別段孤独が好きなわけではないらしいと知り、亜衣は安堵の思いで呟いた。

「俺が可哀想だからやめろ。痛々しい」

彼はばつが悪そうにしながら、亜衣の額を指先で弾く。まったく痛くはないからいいのだが、どうやらあまり過去には触れられたくないらしい。

「どうして？」

「周囲みんながガキに見えて一人で突っ張って。痛々し過ぎるだろ。頼むから忘れてくれ」

「そんなこと言われても、忘れられるわけないよ。好きな人のこと」

「今の俺を見ればいいだろ。あ、そうだ、まだあった」

「なに？」

「俺を好きだって、たくさん言って」

抱きしめられたまま、ソファーに押し倒される。

真上にある彼の顔に目が吸い寄せられた。

昔の彼も好きだった。けれど今はもっとだ。

「好きだよ。私でいいのかなって思っちゃうくらい」

彼の外見や立場を好きになったわけではないけれど、亜衣は彼の隣に立つにふさわしいのだろうかと疑問に思うことはある。愛情を示してくれるから、安心していられるが。

すると眼鏡が外されて、テーブルにそっと置かれる。

「尊仁くん？」

「毎日、亜衣を好きだって思ってる。再会する前からずっと。十年以上変わらなかったんだ。きっと亜衣じゃなきゃだめなんだろ。信じられない？」

亜衣が首を振ると、尊仁は安心したように額を押し当ててきた。彼の前髪がさらりと顔に触れる。

「信じてるに決まってる」

軽く唇が重なり、吐息の合間に亜衣の口から言葉がこぼれる。

「そっか」

亜衣は尊仁の背中に腕を回し、幸せな一時を噛みしめた。

「無理はさせない。触るだけ。いい？」

唇が深く重なると、もう尊仁のことしか考えられなくなる。熱を持った手のひらが身体を這う感覚に甘やかな声が止められない。

結局、優しくじっくり時間をかけて愛されて、その日の夕飯を摂ったのは夜九時を過ぎてからだった。

翌日の昼、絵里から電話がかかってきた。

絵里にはすでに妊娠をきっかけに入籍したと話してある。いろいろと心配させてしまったからか、彼女は泣きながら喜んでくれた。

『体調はどう？』

「ちょっと疲れやすいくらいかな。妊婦健診でもなにも言われてないし。尊仁くんが一緒にいてくれるから、安心してる」

『尊仁くんって……初々しいわ〜！　私にもこんな頃あったような……』

「絵里ってば、旦那さんと仲いいくせに」

『まぁね。でもその尊仁くんは忙しいんじゃない？　大学病院勤務でしょ？　激務って聞くけど』

「身体壊さないか心配ってくらい帰るの遅い時もあるよ。それなのに、父親学級に行って勉強するって張り切ってるし」

『いい人ね』

「うん。尊仁くんに会えてなかったら……私、いまだに落ち込んでたかもしれない。あれからそっちはどう？　真実を知りたいって思ってたけど、私はもういいかなって」

亜衣が言うと、絵里の重いため息が聞こえてくる。

『だよね。私も忘れるのが一番だと思う。でも……』

「なにかあったの？」

『磯山部長の奥さんが、まだ亜衣について嗅ぎ回ってるらしくて』

「どうして今さら？」

事実無根の不倫疑惑で会社を辞めさせただけでは足りないのだろうか。目を吊り上げて亜衣を詰る磯山夫人の顔を思い出すと、今でも背中に冷たい汗が流れる。

何人もの社員がいるロビーで当たり散らされ、怪我を負わされた。きちんと調べた上で自分の濡れ衣を晴らしたい気持ちはあるものの、それ以上にもう関わりたくない。

だから泣き寝入りをして会社を辞めた。放っておいてほしい。今はそれだけだ。

『わからないの。ただ、人事に亜衣の住所を聞いてきたんだって。教えなかったとは思うけどね、万が一ってこともあるし、亜衣が引っ越しててよかったわ』

もしかしたら、以前に亜衣が住んでいたアパートに来たのだろうか。そう考えるとゾッとする。さすがにこのマンションはバレていないと思うが。

亜衣は無意識に両腕をさすった。

『あ、そうそう。営業部の面々がさ、亜衣に会いたいって言ってたよ。特に市川くん。彼、噂の火消し役にかなり奮闘してたからね。亜衣の体調次第だけど、都合のいい時、ご飯でも行かない？磯山の奥さんの件も、私より知ってるかもしれないし』

自分を信じてくれた人たちが力になってくれた。それが嬉しかった。

頼まれる仕事を必死にこなしていただけだが、そうやって積み重ねてきた努力が今に繋がっている気がする。

「うん、行きたいな」

『亜衣の結婚と妊娠のこと、言っても平気？』

「大丈夫だよ。あ、でも……会社近くだと誰かに見られる可能性もあるから……」

『オッケーオッケー。べつの駅にしよう。日にち調整してまた連絡するわ』

「ありがとう」

絵里と電話を切ったあとも、なんとなく胸がざわついて落ち着かなかった。

磯山夫人が、亜衣の住所を調べようとしていたなどと聞いてしまったからだろう。

（でも……さすがに引っ越した先まではわからないはず……）

そう思おうとしても、嫌な予感はなくなってはくれなかった。


三月とはいえ、夜はまだ冷える。亜衣は白湯を啜りながら、夜九時過ぎに帰ってきた尊仁に再来週、絵里と約束していることを話した。

「元同僚？　あぁ、いいんじゃないか？」

テーブルの上を片付けてキッチンへと持っていき、尊仁のために温かい緑茶を淹れる。

「体調がいいなら出かけておいで」

「うん、ありがとう。再就職とか心配かけちゃったから、ちゃんと報告してくるね」

亜衣の言葉に彼が納得したように頷いた。少しばかり後ろめたい気分になるのは、例の事実無根の不倫疑惑について尊仁に話していないからだ。

もうすでに終わった話を蒸し返す必要はないのではという思いと、話すことで万が一その疑いを彼が信じてしまったらという思いがあって、口が重くなる。

「夜なら、帰りは迎えに行くよ」

「えっ、いいよ！　家まで遠回りになっちゃうし！」

亜衣が断ると、彼は少し傷ついたような顔をしてこちらを見た。

「俺を夫だって紹介してくれないのか？」

「紹介してもいいの？」

「亜衣の友達だろ。俺も会いたい」

「絶対いろいろ聞かれると思うし……五人くらいいるよ？」

ロケートの営業部のメンバーは悪い人たちではないのだが、尊仁があのノリについていけるとは思えなかった。仕事帰りなのに大丈夫だろうか。

亜衣は滅多に飲み会に参加していなかったが、参加する度にいつも「あの元気はどこから来てるんだろう」と思っていたくらいだ。年齢はそう変わらないのに、営業部の外回りの社員はみんな体育会系だ。

「お前の中の俺って、本当に中学から止まってるよな」

尊仁が苦笑しつつ言ってくる。

言われて初めて、彼が内科医で外来担当もしているのだと気づいた。患者相手に病状の説明だってするだろうし、中には困った患者だっているはずだ。もう大人なのだ。

「う……ごめん」

「今でも必要以上には話さないけどな。昔は……おう、とか、ようとか、会話らしい会話してなかったからな」

よくあれで好きになってくれたよ——彼は照れくさそうに笑いながらそう呟いた。

尊仁こそ、と思う。

亜衣は決して目立つ方ではないし、長所はと問われた時に、すぐに出てくるのは「真面目さ」くらいのものだ。あとは「健康」くらいか。

健康で真面目な女性、探せばいくらでもいるだろう。たとえ初恋だったとしてもどうして亜衣なのか。不思議で仕方がない。

「尊仁くんこそ。私のこと、よくずっと好きでいてくれたよね……どうして?」

亜衣が問うと、尊仁はどこか遠くを見るような目をする。

なにかを思い出しているのか、複雑そうな顔で重たい口を開いた。

「辛いことがあるたびに、思い出すのがお前のことだった。どう生きるかは自分次第、その言葉を支えにしてたんだ。お前だけが、特別だったんだよ」

過去、尊仁になにがあったのかは知らない。「愛人の子」その話がどこまで本当なのかも。

踏み込んで聞きたい思いはある。けれど、彼自身が話してもいいと思える日まで待ちたい。おそらくその日はそこまで遠くないだろうから。

「亜衣のことならどんなことでも知りたい。友人の前でどんな話をするのか、なにが好きで、なにが嫌いか。どんなことで怒るのか」

「普通じゃないかなぁ。悪いところは、そんなにないとは思いたいけど……」

「一人一人違う人間で、普通なんてないだろ？　亜衣は、周囲に合わせてかなり気を使うタイプで、細かいところに気がつくのに、自分のことになると鈍(にぶ)い。焦るとおっちょこちょいになる。あと、子ども好きだよな？」

「わ、すごい！　当たってる！」

思わずパチパチと拍手をすると、呆れたような口調とは裏腹に、優しげに細められた目に見つめられる。

「当たってるって占いじゃないんだから。毎日一緒にいれば、これくらいはわかるよ」

尊仁が当然だと胸を張った。

「なんか、研究されてる感じがする」

「そうだな、本物の亜衣を研究したい。隅から隅まで」

「なにそれっ」

顔を見合わせると笑いが止まらなくなった。尊仁もついに堪えきれなくなったのか、肩を揺らして笑い始める。

テーブルの上で手のひらが重なり、亜衣も彼の手を掴む。指輪がカチリと音を立てる。

こんな何気ない日常が幸せで嬉しい。あと二十年もすれば、なにを言わずとも通じあえるようになるだろうか。いや、やはり何十年経っても、彼とはこうして笑いあって話していたい。

指輪の傷の分だけ、彼との絆も深まると思うから。

翌々週の土曜、絵里たちとの約束の日。

午前中、妊婦健診のために松浦総合病院を訪れた。経過は順調で、心配だった貧血も入院するほどのひどさではなかった。

亜衣は産婦人科から廊下を通り、会計へと向かう。

会計待ちの席は幸い空いていたが、三十人待ちという番号札に苦笑しつつ腰かける。その時、ドサッと乱暴な動作で隣の席に座った四十代くらいの男性がいた。どんっと肩が触れたのだが、男性は気づいていないのか、頭を抱えるようにして下げたまま身動きしない。

(具合でも悪いのかな……)

ちらちらと様子を見ていると、男性の吐く息が荒くなってくる。男性の反対隣に座った人はスマートフォンに夢中のようで気がついていなかった。

「あ、あの……どうかしましたか？　大丈夫ですか？」

亜衣が恐る恐る声をかけるが、男性はまったく反応を示さない。誰かいないかと周囲を見回すものの、会計付近に看護師や医師の姿はなかった。

「う……ぐ……」

隣からなにかが喉に詰まったような声が聞こえる。亜衣は意を決して声を上げることにした。

「すみません！　具合が悪そうな方がいるんですが！」

するとスーツ姿の男性が近づいてきて、看護師に指示を出した。病院関係者なのだろうか。医師もばたばたとやってきて、患者がストレッチャーに乗せられる。

しばらくして患者が運ばれていくのを安堵しつつ見送ると、その男性がまだ亜衣の前に立っていた。

「あの、先ほどはありがとうございました」

自分が礼を言うのもおかしいなとは思ったが、助けてくれたのには違いないと頭を下げる。そして顔を上げた瞬間、亜衣は息を呑んだ。

「いや、こちらこそ。助かりました」

亜衣は、男性の顔を見て、驚きのあまり声が出なかった。

精悍（せいかん）な顔つきをした男性は五十代半ばだろうか。まさかと思うほど尊仁にうり二つで、血の繋がりを疑わずにはいられない。艶（つや）のある黒髪に、整った顔立ち。尊仁が年を取ったらこうなりそう、と亜衣が思い描くそのままだ。

つい胸元に目がいってしまったのも致し方ないだろう。男性の胸元には病院関係者であることを示すネームプレートがつけられ、松浦（まつうら）と書かれていた。名前の上には病院長とある。

「あ、じゃあ……私はこれで」

仕事中の松浦病院長を引き留めるわけにはいかないし、頭に浮かんだ疑問を問いかけられるはずもない。

世の中には似た人が三人はいるというし、他人のそら似だろう。そう思うのに気に懸かって仕方がない。亜衣が会釈したその時、頭上から声が聞こえてきた。

「あの子は、元気にしていますか？」

「あの子……って」

思わず声をかけてしまった、とでも言うように、向かいにいる男性は焦（あせ）った表情を見せた。

やはり、そうなのだろう。彼から父親の話は聞いたことがないが、間違いない。

（尊仁くんの……お父さん）

なぜ彼の父親が亜衣を知っているのか。なぜ話しかけてきたのか。疑問はいろいろ浮かんでくる。それを尋ねていいのかどうかもわからない。

「あの子って歳じゃないか、もう」

ただ、苦笑する表情がやはり彼そっくりで、いつの間にか男性を訝る気持ちは失せていた。

「どうして、私をご存じなんですか？」

「……ずっと調べさせていたんですよ。それであなたと結婚したと知りました。話しかけるつもりはなかったのですが、つい……申し訳ない。あぁ、結婚、おめでとうございます」

「ありがとうございます。あの……尊仁くんとは、会わないんですか？」

一応、義理の父親だ。家族とも言える人から他人行儀に「おめでとう」と言われるのは、なんだか変な感じがした。

松浦病院長の目には後悔の色が宿っている。「愛人の子」と噂されていた尊仁の父親。本当にそうならば、人は見た目に寄らないのかもしれない。けれど、愛人を囲うようなタイプにはどうしても見えなかった。

「会えないんです。あの子の母親ともそう約束をしました。私がここの病院長をしていることも、聞いていないでしょうから」

「あの、私には、なにがなんだか……」

「少し、お時間はありますか？」

尊仁とよく似た顔で微笑まれると、嫌だとは言えなくなった。けれど、尊仁からなにも聞いていないのに、亜衣が勝手に事情を知るのは憚られる。

「すみません、詳しい話は尊仁くんから聞きます。お義父さんがここにいると、彼に話しても？」

亜衣が〝お義父さん〟と呼んだため驚いたのだろう。松浦病院長は目を見開いたあと、しっかりと頷いた。

どんな事情があるにせよ、尊仁から聞きたい。彼の両親にいったいなにがあったのかと考えながら、亜衣は帰路に就いた。

仕事中の尊仁にメッセージの一つでも入れようかと思ったが、どうせ夜に会えるのだからとスマートフォンを戻す。話を亜衣から切りだすか、それとも、彼から父親について話してくれるのを待つか。答えは出なかった。

そして、絵里たちとの待ち合わせのため、夕方五時頃に家を出た。

待ち合わせ場所は、ロケートのある東急池上線の駅から数駅離れた繁華街だ。メッセージで送られてきた店へ直接向かうと、すでに営業の面々は到着しているのか、店にいると連絡が入った。

こぢんまりとした一軒家の扉にはイタリアの国旗が掲げられている。外に置かれているボードにはディナーのコースが書かれていた。

亜衣が店のドアを開けると「いらっしゃいませ」というスタッフの声に気がついたのか、席に着いていた市川が軽く手を上げて亜衣を呼ぶ。

「横山さん！　こっち！」

ぶんぶんと手を振られて亜衣も笑みを返し、スタッフに「待ち合わせなので、大丈夫です」と告げる。

テーブルに向かうと、懐かしい五人の元同僚たちが笑顔で亜衣を迎えてくれた。

「横山さん！　お久しぶりです！　体調はいいんですかっ？」

市川が笑みを浮かべながら、席を立ち隣の椅子（いす）を引いてくれる。相変わらず人懐っこい大型犬のようだが、腰が低く王子様的容貌をした彼は案外モテるのだ。

変わらない面々と口々に挨拶（あいさつ）をすると、懐かしさと少しの胸の痛みがあった。

「ありがとう。うん、今日は楽しみだったからか、すごく調子がよくて」

「よかったです！　はい、ソフトドリンクのメニュー。今日は横山さんのお祝いだから、好きなもの頼んでください！」

「みんなが食べたいのでいいよ。私は適当に摘まむから」

「了解です！」

市川は椅子に座ったまま敬礼の姿勢を取る。元気が良すぎて、亜衣はすでに苦笑いだ。

すぐ近くでオーダーを待っていたスタッフにオレンジジュースを頼み、市川へメニューを返した。

さすが営業部員、場を仕切るのはお手の物だ。サクサクと全員が食べられそうな料理を注文していく。女性好みのあっさりした料理も忘れない。市川がオーダーを取ったスタッフに笑顔で「お願いします」と言うと、スタッフが目をキラキラさせた。こういうところを見ていると、外見だけではない魅力があるのだとわかる。彼がモテるのも頷けた。

「それにしても、横山さんのラフな格好って初めて見ました。なんか新鮮でいいですね！　髪も下ろしてて可愛いです」

「きっちりしたスーツに眼鏡、アーンド一つ結びも似合ってたけどね。たまに横山さんのこと『先生！』って呼びたくなるし」

　市川の言葉に向かいに座る同僚も頷いて同意する。

「先生って！　さすがにスーツは着なくなったけど、家ではよく結んでるよ。それに、働いていた時だって土日はこういう楽な格好してたし」

　眼鏡はそのままだが、今日の亜衣はゆったりとしたワンピースに身を包み、髪は下ろしていた。地味目のオフィスカジュアルで髪を後ろで一つに結び、分厚い眼鏡をかけていた亜衣しか知らないのだから、彼らが驚くのも無理はないが。

「そりゃそうか……俺は、見せてもらえなかっただけっすね。いいなぁ、旦那さん」

「市川くんは、相変わらずだね？」

　とぼけているのか、なんなのかよくわからず亜衣が返すと、なぜか市川は項垂(うなだ)れてしまう。

「横山さんも相変わらずですよ！　まったく伝わらない……っ！」

　亜衣が首を傾(かし)げると、向かいに座った同僚が市川の肩を慰(なぐさ)めるように叩(たた)いた。

「言っておくけどこの子は人妻！　隙だらけだからってだめよ！」

人妻なのは皆知っているのでは？　そう思ったが、ほかの同僚たちが市川を睨みながら真剣な顔で頷いていたため聞くことはできなかった。

「わかってますよ！　だって幸せオーラが伝わってきますもん……っ！　よかった！　俺は失恋ですけど！」

市川が泣き真似で目を擦る仕草をしている。いったい市川は誰に失恋したのだろう。ただ、みんながあれ以来心配してくれていたのだけは伝わってきた。

「ごめんね……心配かけて。いろいろありがとう」

そのあとは質問攻めにあい、尊仁と結婚に至るまでを包み隠さず答える羽目になった。

初恋の人に再会し、妊娠をきっかけに入籍をしたと話すと、周囲は超スピード婚だと盛り上がる。実際にそうだから苦笑するしかない。

「あぁぁ～横山さんに営業部に戻ってきてほしい……っ」

ほどほどに酒が入った頃、市川が叫んだ。すでに酔っ払っているのだろう。そう思ってくれるのはありがたいが、可能性はゼロだ。

絵里や市川、ほかの同僚たちは亜衣の不倫疑惑が事実無根であると信じてくれているが、おそらく磯山部長との関係を本気にしている社員もいるはず。悪い噂というのは、それが事実かどうかなど関係なく驚くほど早く広がる。あとから違ったとわかっても、一度そういう噂の立った社員であると見られるのだ。

「戻ることはないかな。戻りたいとも、思えないしね……」

亜衣がそう言うと、市川はしゅんと耳を下げた犬のような顔をする。

「そうですよね。ただ俺、新人の頃から横山さんを女神だと思ってたので、寂しいです」

「こら市川。亜衣はあんたが取ってきた納期ぎりぎりの契約を、ほかの部署に頭下げてなんとかしてもらってたのよ。本来なら、営業が把握できてなきゃいけないんだからね！」

「今はわかってますって！　でも、横山さんならなんとかしてくれるんじゃないかって甘えちゃってたんです。横山さんがいなくなってから、ようやく気づきましたよ。自分のボケっぷりに」

市川が眉を下げながら申し訳なさそうに言うので、思わず亜衣は笑ってしまった。しんみりしてしまった空気をふざけて笑いに変えてくれたのだろう。

ロケートで働いていた頃は、自分を認めてもらいたくて必死だった。上司からの覚えもめでたければ、社員への道は遠くないと思っていたのだ。

「亜衣は肩の力が抜けたみたいね。よかったわ。働いていた時は、ずっと余裕がなくて張り詰めた顔してたから、この子いつか潰されちゃうんじゃないかって思ってたの」

「そんな顔してた？」

「してたわよ。いつも必死だったし。周囲への気遣いとか、やり過ぎってくらい。それに甘えてた磯山部長や市川たちも悪いんだけどね」

言われてみればそうかもしれない。妊娠してからも、尊仁と会うまでは母にもあまり迷惑はかけられないし一人でなんとかしなければと考えていたから。一人で頑張る必要はないのだと、尊仁が教えてくれた。

なんだか急に尊仁に会いたくなってくる。ほとんど毎日一緒にいるのに。

「そう言わないでくださいよ～！　俺、けっこう必死に磯山部長の話集めてきたのに！」

「あ、そうそう！　それで、どうだった？」

絵里がはっと思い出したように手を打ち、身を乗りだした。亜衣も市川の話を待つ。

「びっくりなんですけど、磯山部長の奥さんの父親って、うちの元副社長らしいんですよ。部長世代の社員の間では有名で、出世のために磯山家に婿養子に入ったって当時、散々噂されたみたいですね」

「そうなのっ？　なに、だから人事にも顔が利くってわけ？」

憤る絵里に市川は大仰に頷いた。

簡単に雇用契約を終了させられる相手が亜衣だったから、磯山部長の不倫相手として選ばれたのだろうか。いったい他人の人生をなんだと思っている。亜衣は十年もの間、必死に働いて会社に尽くしてきたのに。事実を確かめもしないなんて。会社に対して、怒りと悔しさと悲しさを思い出し、あの時の胸の痛みが再燃してくる。

亜衣は深く息を吐いて自分を落ち着けた。もう終わったこと。忘れよう。そう思いながら下腹部を撫でると、冷静さが戻ってくる。

「ま、でもだからか、磯山部長は妻にも義父にも頭が上がらないって話もありますね。家庭のストレスですかね？　外ではかなり派手に遊んでたみたいですよ」

「磯山の奥さんが亜衣のことをいろいろ探ってるのはなんでなの？」

「詳しくはちょっと。でも、たぶん不倫相手……あ、もちろん違うってわかってますよ。その不倫相手とされた横山さんが、夫と隠れてまだ関係を持ってるんじゃないかって確認してたとは聞きました。人事にも手を回したみたいで、以前の住所は知られてるみたいです。引っ越してて本当に良かったですよ」

「そんな……」

亜衣は愕然とした思いで呟いた。もし今の住所を知られたらと考えるとゾッとする。

もう関わりたくないのに。すべてを流して忘れようと思っているのに、どうして。いったい亜衣がなにをしたと言うのか。

全員がしんみりと肩を落としたその時、ドアが開く音が聞こえてくる。客の視線がちらほらとドアの方へと向けられた。亜衣も釣られて顔を向ける。

「尊仁くんっ！」

そうだ、仕事帰りに迎えに来てくれると言っていたのに、スマートフォンをチェックすらしていなかった。今は何時だろうと時計を見ると、すでに夜の九時を過ぎている。

亜衣は慌てて立ち上がり、尊仁のところへ歩み寄った。

「ごめん、迎えに来てくれるって言ってたのに。連絡してくれたよね？　スマホずっと鞄の中だった」

「そうだと思って連絡してない。直接来たよ」

尊仁は笑ってそう言った。そしてテーブルに向き直り、頭を下げる。

「はじめまして、妻がいつもお世話になっております」

妻――そうか妻なのか。

結婚したのだから当然なのだが、誰かに妻だと紹介されるのが初めてで、少しばかり気恥ずかしい。けれど、本当に尊仁の妻になったのだという嬉しさもあった。

全員が尊仁の惚れ惚れするほどの美形に呑まれてぽかんと口を開けていたが、最初に立ち直ったのは市川だった。モテる男は耐性もあるらしい。

「遅くまで引き留めてすみません！　横山さんと話すの久しぶりだったもので！」

「いえ、妻を誘ってくれてありがとうございます。ここのところ外に出るのもキツそうだったので、いい気分転換になったと思いますから」

尊仁は丁寧な口調で返した。ただ「妻を」のところをやたらと強調しているような気がする。

それにしても、と亜衣は尊仁を見つめる。

尊仁の外行きの笑みは新鮮で知らない人みたいだ。中学の頃は愛想がいいとはとても言えなかったから、よけいにそう感じるのかもしれない。

「亜衣？　どうした？」

「尊仁くんが……普通に喋ってるなと思って」

亜衣はごまかすようにそう言った。

「お前ね。いい加減俺のイメージ変えない？」

亜衣の言い様がおかしかったのか、尊仁は噴きだしそうに頬を緩めた。笑わなくてもいいじゃない、と口を尖らせると、尊仁が腰を屈めて顔を寄せてくる。

「患者さんに対しては、いつもこうですよ。奥さん」

ふいに鼻の頭を指で突かれて、亜衣は顔を真っ赤に染め上げた。

「……っ」

実のところ、亜衣は普段と違う彼に見惚れてしまっただけだ。仕事中の尊仁の姿を想像してしまったのだ。それはそれはかっこいいだろうな、なんて。

「顔が真っ赤ですね。熱があるのかな？」

「からかってるでしょ」

亜衣が涙目で睨むと、尊仁はますます楽しそうな顔をして手のひらを額に押し当ててきた。顔を見られるのが恥ずかしくてならない。

「心配してるんです」

「嘘……っ」

「嘘じゃない」

尊仁の言葉は蕩けてしまいそうなほど甘い。

眼鏡が取られ、髪を耳にかけられる。眼鏡や前髪で隠していた赤い顔が露わになってしまうから、見ないでほしいのに。

彼は嬉しそうに微笑んで、さらに亜衣の頬を撫でてくる。

「もう、やめてってば」

「なにもしてない。可愛い妻を愛でているだけ」

亜衣が恥ずかしがると、尊仁はよりいっそう顔を近づけてくる。

「してる」

亜衣を翻弄し、胸をざわつかせているではないか。など言えないけれど。

鼻と鼻が近づく。まるでキスをする時のような距離感に驚き、涙が滲んでくる。

「ちょっと……この顔は、見せられないな」

尊仁は苦笑しながらため息を一つ吐くと、亜衣の眼鏡を返してくる。耳にかけた髪も戻された。

「見せられない」だなんて、眼鏡を外した顔がそれほどひどかったのだろうか。

たしかに、尊仁の隣に立つにふさわしいとは自分でも思っていないけれど。

ショックを受けた亜衣がなにも言えず立ち竦んでいると、近くから市川の声が聞こえてくる。

「横山さん、かわいい……」

妙に大きく響いたのは、同僚たちが珍しく押し黙っているからだろう。なぜか絵里までニヤニヤと人の悪い笑みを浮かべてこちらを見てくる。いったいなんなのだ。

「妻を連れだすお詫(わ)びに、ここの支払いは持ちますので、皆さんはどうぞこのあとも楽しんでください」

「ありがとうございます！　いろいろとごちそうさまです！」

全員が口々に礼を言った。いろいろと、の意味がわからなかったが。

「横山さん！　今度はほかの営業部の奴らにも声かけときますんで！　また行きましょう！　予定合わせますし、むしろ二人でもいいんで！」

「二人で？」

「あ、もちろん……あの、みんなで？」

尊仁の低い声に怯(ひる)んだように市川が言い淀むが、亜衣はまだ先ほど言われた言葉のショックから抜けだせず、周囲の言葉が耳を素通りしていく。

「亜衣、また連絡するから！」

「あ……うん！　今日は楽しかった。みんなありがとう」

はっと我に返り挨拶をすると、尊仁が会計を済ませているところだった。

「じゃ、帰るか」

「うん……」

自然に亜衣の手が取られる。尊仁はいつもと変わらず優しい。

彼に父親の話をどう切りだそうか考えていたというのに、頭の中は先ほどの彼の言葉でいっぱいだ。あれはついこぼれ出た尊仁の本音だったのだろうか、と。

誰に言われなくとも、自分が凡庸であるなんてとっくにわかっていた。彼は中学の頃から知っていたはず。それでも亜衣を好きだと言ってくれたのだ。

今さら気にするなんて無駄でしかない。整形手術でもしない限り、この外見は変えられないのだから。けれど、恥ずかしい思いをするのは彼だ。それが殊の外自分の胸に重くのしかかる。

(眼鏡が悪いのかな。もうちょっと……お化粧とか、勉強しておけばよかったな)

尊仁は女性からのアプローチにうんざりして、結婚していると周囲に思わせていたくらいだ。きっと相当モテていたのだろう。その時はたまたま好みの女性と出会えなかっただけではないか。

亜衣よりもずっと可愛くて、素敵な人はたくさんいる。そんな女性が彼を好きになったら。亜衣は尊仁を引き留めておけるのか。それだけの魅力が自分にあるのだろうか。考えがどんどん深みにはまっていくと、抜けだせなくなりそうだ。

「もう少しみんなと話したかった？」

同僚と別れて落ち込んでいると勘違いしたのか、尊仁が亜衣の頭を撫でながらそう言ってくる。

彼の目は変わらず亜衣を案じているし、愛情だって伝わってくる。

「ううん……ちょっと、はしゃぎ過ぎちゃったかな」

なんとか笑みを取り繕ったつもりだったが、無理をしているのはバレバレだったようだ。

「体調悪い？」

彼はいよいよ心配になったらしく、足を止めて亜衣の手を引き、歩道の端に寄った。

（尊仁くんはいつだって優しい。だから、私の問題なんだよね）

たとえ美人ではなくても、きっと彼は好きでいてくれるだろう。だが、いつか尊仁の気持ちが離れていくのではとびくびくし続けるのは、とても惨めだ。

ならば愛されているとうぬぼれず、もっと努力をすればいい。少し怖いけれど、眼鏡をやめてコンタクトにして。化粧も頑張って勉強して。髪だって、染めたり巻いてみたり。せめて彼が恥ずかしくないように。

「亜衣？」

「あ、ううんっ、なんでもないの。ちょっと、コンタクトにしてみようかなって考えてただけ」

「どうしてまた急に？」

「立て続けに眼鏡二本壊しちゃったから……眼鏡だと、ほら、野暮ったく見えるし……」

苦しい言い訳だと自分でもわかっている。しどろもどろになっていて、尊仁が気がつかないはずもない。きっと不審に思うだろう。

「俺は……亜衣の素顔を、あまりほかの男に見せたくない」

ずきんと痛んだ胸を亜衣は拳を握って押さえる。目の前ではっきり言われると、さすがに笑って流せない。

「そっか……そうだよね」

「待て。なにか勘違いしてないか？」

「私……ぱっとしないし、尊仁くんが恥ずかしいと思っても、無理ない……っ」

「そんなわけないだろ」

不機嫌そうに眉根を寄せた尊仁が次の瞬間、亜衣の眼鏡を奪い取ってくる。そして突然唇が塞がれて、亜衣は動揺を隠せない。

「ん……っ」

「違うからな。お前の素顔を知ってるのは、俺だけでいいって言ってるんだ。さっきの店で、みっともなく隣にいた男を牽制してるのわかっただろ？　自分でも、こんなに執着心が強いとは思ってなかったから、驚いてる」

「牽制？」

「亜衣は人からの好意に鈍いな。お前は、清楚で凛としてて、綺麗だよ。眼鏡やスーツで隠されてたかもしれないけど、あの男みたいに、気づいてる奴はいる」

信じられなかった。綺麗だなんて、本当の美形にそう言われても、あなたの方がよほどだと返したくなる。けれど、尊仁がからかっているわけではないことは伝わってきた。

「まさか……嫉妬、してくれたの？」

「男もいるって聞いてたけど、隣に座るとは聞いてないからな」

「それは……」

市川に勧められるままに、隣に座ってしまったがだめだっただろうか。拗ねたような口調の尊仁を窺い見るが、怒っているわけではなさそうだ。

「俺が勝手に嫉妬してるだけだ。でも、あの男が、お前とやらしいことしたいって思ってたら、どうする？　こんな風に潤んだ目で見られると、男は誘ってると勘違いするんだよ」

「私相手に、そんな風に思う人がいるなんて信じられないけど……そうだとしても私は、尊仁くんとしか、しない」

胸が疼く。こんな時、好きなのはあなただけだと抱きしめたくなる。誘っていると勘違いなんて。亜衣がそんな顔をするとしたら、尊仁がそばにいるからだ。誰といても、尊仁を思い出してしまうからだ。

「それに……勘違い、じゃないよ」

胸の中に喜びが湧き上がってくる。ほかの男に見せたくないと思うほど、亜衣を愛してくれている。それが嬉しかった。亜衣と同じくらい、彼も自分を想ってくれていると知ることができた。

彼の唇が額や瞼、頬と順番に触れて、亜衣はうっとりと目を細める。

尊仁はわかっていない。彼のそばにいると、いつだって触れてほしくて堪らなくなるのに。

知ってほしい。亜衣がどれくらい尊仁を求めているのか。毎日一緒に過ごしているうちに、どれほど好きになっていったのか。

中学の頃とは比べものにならない。見ているだけで幸せを感じて、一日一回の挨拶だけで充足感を得ていた日々とはまったく違う。綺麗なだけではない。妊娠をきっかけに彼を縛りつけられると喜んでいる自分がいるくらいだ。

「だって、誘ってるもの」

「誘ってるの？　俺を？」

はにかんだ尊仁が目を細めて、亜衣の腰に腕を回す。顔が近づいてきて愛欲を孕んだ瞳に魅入られると、身体の中心が熱を持ち始める。

「本当だ……俺が欲しいって顔、してる」

口の中に溜まった唾液を飲み干すと、なにもされていないのに、息が上がりそうになる。腰に回された手で、背中を撫でられるだけで艶めかしい声が漏れてしまう。

「う……んっ」

「あーもう、ほんっと……」

尊仁が強く亜衣を抱きしめてくる。彼の身体は亜衣と同じくらい熱い。

「困ったな。妊娠中に無茶はさせたくないんだけど。我慢できなくなる。なぁ、触って、たくさん達かせてもいい？」

耳元で聞こえる尊仁の声は欲情し掠れていた。

ぞくぞくとした疼きが腹の底に溜まって、解放を待っている。

「うん、私も……したい」

亜衣が頷くと、名残惜しむように身体が離された。

「明日は休みだし。たまにはホテルに行こう」

コインパーキングに停められた車に乗り込み向かった先は、都心部にあるラグジュアリーホテルだ。絵里に誘われて、一度だけスパとエステを訪れた。

いつか社員になってボーナスが出たら絶対にまた来たいと思っていたが、まさか尊仁と来ることになるとは。

「待ってて」

尊仁はメインロビーのソファーに亜衣を座らせて、フロントへと行った。亜衣はぼんやりと上を見る。高い天井には花弁を下に向けたような豪奢(ごうしゃ)なシャンデリアが吊(つ)り下がり、広々としたロビーの床は塵(ちり)一つなく磨き抜かれている。

自分とは違う世界だと前に来た時も思ったが、今日も背筋がぴんと伸びるような感覚がして、周囲の視線がやたらと気になってしまう。せめて浮いて見えませんように、と亜衣はワンピースのしわを伸ばした。尊仁が同い年とは思えないほど堂々としているからよけいにそう感じるのかもしれないが。

フロントから戻ってきた尊仁が座っている亜衣に手を差しだす。

「行こう。腹、減ってないよな？」

「私は平気だけど。尊仁くんなにも食べてないよね？　食事しなくて平気？」

「夕方に病院のコンビニでおにぎり買って食ったよ」

「おにぎりじゃ足りないでしょう？　なにか食べた方が……」

「それより、早く部屋に行きたい」

亜衣の言葉を遮るようにして尊仁が言う。繋いだ手を強く握られて彼の思惑を知ると、急に身体が火照ってくる。

早く触りたいと言われているのがわかる。言葉なくエレベーターに乗り込むと、流れるクラシックの曲を聴く余裕もなく、気づくと上層階へと到着していた。そしてドアが開けられて、窓に見える夜景と室内の装飾を素通りし寝室に連れていかれる。

「コート貸して」

亜衣がコートを脱ぐと、尊仁は自分のコートとジャケットと一緒に、しわになるのも構わずにソファーに向けてばさりと投げた。その動作が彼の余裕のなさを物語っているようで、亜衣はひどく落ち着かない気分になる。

「ここ、おいで」

ベッドに座らされ、尊仁がベッドの横で膝をついた。

「靴、脱がせるよ」

自分で脱ぐ、と言う前に足首を取られていた。

ヒールのないパンプスはかかとを掴んで引くだけで簡単に脱げる。靴はベッドの横に落とされて、亜衣の身体がゆっくりとシーツの上に倒された。

「ワンピース可愛いな。良く似合ってる。ほかの男の目に触れたのは、気に食わないけど」

自分を見る尊仁の目が、腹を空かせた獣のように獰猛で、胸がどきりと高鳴った。飢えていると言わんばかりの噛みつくような口づけを贈られ、苦しさから尊仁のシャツを掴んでしまう。

「……っ、ん……ふ」

鼻にかかった甘い声が漏れる。舌を絡めとられると、下腹部から疼くような性感が湧き起こる。唾液ごとじゅっと啜られて、息つく間もないほどに深く唇が重ねられた。

腰を捩ると、ワンピースがシーツと擦れ、上へとずれてくる。尊仁の熱い手でタイツの上から膝をくすぐられて、腰がびくんと跳ねてしまう。

「は……っ、あ」

膝や膝の裏側、そして太ももを手のひらが這う。敏感な部分でもないのに、何度も肌を撫でられているうちに、水面に垂らした絵の具のように、じわっと心地良い感覚が広がっていく。

「脱がすよ」

タイツを下着ごと引き下ろされる。ワンピースは着たままで、下半身だけがスースーとしてなんとも落ち着かない。

「ん……ふっ、はぁ」

ワンピースの上から腰の括れを撫でられ、背中のファスナーを下ろされた。その間も唇は塞がれていて、互いの荒い呼吸が口の隙間から漏れでる。

「あっ……ん」

下顎を舐められると、ついびくりと背筋を震わせて、首を仰け反らせてしまう。

「お前のこの声を聞くのは、俺だけだ」

「当たり前……だよっ」

彼は舐めやすくなったと言わんばかりに首に舌を這わせてくる。くすぐったいような、気持ちいいような感覚が生まれて、じっとしていられない。

「んっ、そこ……くすぐったい」

「じゃあどこを舐められたい？」

彼は首に顔を埋めたまま聞いてくる。肩を撫でながらワンピースが引きずり下ろされると、ブラジャーの上から乳房を手で包み込み上下に揺らされる。

「ここは？」

「ん……そ……んなの、わかんない……あっ」

「そう？　じゃあ教えてやる。亜衣が好きなところ。ここ、と」

「あっ……あぁっん」

舌先をくるくると回し、首の敏感な部分を舐められて、強く吸われる。亜衣の反応を見るようにして、舌がちろちろと動かされた。唾液を滴らせながら鎖骨をなぞられると、気持ち良さに胸が浮き上がり、彼に押しつけるような体勢になってしまう。

「あと、こっちもか。どこも敏感だ」

「ひ、ぁ……っん」

ふっと耳の後ろに息を吹きかけられただけで、亜衣はか細い声を出した。

肩から落ちたワンピースは腰のあたりで丸まっている。いつの間にかスカートが捲り上がり、下肢が露わになっていることにも気がつかない。

全身が火照って、秘部がしっとりと濡れてくる。彼の舌に翻弄されて身を捩ると、とろりと身体の奥から愛液が溢れ、恥ずかしさに目眩がしそうだ。

もじもじと足を擦りあわせていると、唇の端を上げた尊仁が身体を足の間に滑り込ませてくる。

「触ってほしくなった？」

亜衣はおずおずと頷いた。自分で見てはいなくても、顔が真っ赤になっていることがわかる。淫らな部分に触られてもいないのに、すでに我慢ができないなんて。そんな自分のはしたなさが怖くて、涙が浮かんできた。

「恥ずかしがるな。俺がお前をそういう身体にしたんだから」

尊仁は顔を上げて、幸せそうに微笑んだ。興奮し色香の増した彼の表情は凄まじく艶めいていいて、亜衣は吸い寄せられるように目が離せなくなる。心も身体も尊仁だけを欲していて、どくどくと心臓が激しく高鳴った。

「尊仁くんも、脱いで」

亜衣が言うと、尊仁はネクタイを引き抜き、ワイシャツのボタンを外した。ふたたび覆い被さってきた尊仁の身体は汗ばむほどに火照っていて、胸の音は亜衣と同じくらい速い。彼も亜衣を求めてくれている。それが嬉しくてならない。

亜衣が顔を綻(ほころ)ばせると、尊仁もまた満足そうに口元を緩めた。そして亜衣の腰に絡まったワンピースを脱がしてくる。ブラジャーのホックを外されて、身を守る布が一つもなくなった。途端に恥ずかしさが押し寄せてきて、つい足を閉じ両手で胸元を隠してしまう。

「何度も見てるだろ。隠さないで」

「……じゃあ、せめて電気消して」

「わかった」

尊仁は手元にあるスイッチで部屋の明かりを常夜灯だけにする。淡いオレンジ色の光に包まれた薄暗い室内でも、互いの表情ははっきりと見えた。

「もう恥ずかしくない？」

「たぶん」

「じゃあ、自分で足を開いて持ってて」

ほら、と太ももを開かされて、亜衣はさすがに動揺を隠せない。

「待って……っ、やだ」

「見えてないから」

「絶対、うそ」

「気持ち良くしてあげるから、俺に任せてはくれませんか？」

同僚の前で話した時のような口調で問われて、頬が熱くなる。丁寧な口調は、彼の品のいいクールな外見にとてもはまっていて、胸が高鳴って苦しいくらいだ。

ただでさえ彼の精悍な顔つきには終始ドキドキしているのに。艶のある黒髪も、長いまつげに覆われた目元も、真っ直ぐな鼻筋も、全部が好きで。

「足を、開いてください」

「……っ」

目を瞑ると、彼の声が脳内で再生される。酩酊状態に陥ったように、全身が火照って熱い。彼の声に反応してか、隘路がきゅんっと収縮して淫らなそこが愛液を吐きだし始める。

びくりと腰を揺らした亜衣を見つめる尊仁は、くっと喉奥で笑い声を立てた。

「わかりやすい」

息を吐くように耳元で喋られると、もう堪らない。蜜口がひくひくと淫猥な動きを見せて、とろりと溢れた愛液がシーツを濡らす。

「ひどい」

「どこがひどい？　悦んでるくせに」

「ぁ……っ」

つんと蜜口を指先で突かれて、小さく喘ぐ。

いたたまれなくて、亜衣はついに両手で顔を覆ってしまった。

「ドキドキしちゃうから、もうやだ」

「本当にいや？」

本当はいやじゃない。彼にならなにをされてもいやだなんて思わない。ただ顔を見られると、自分がどれだけ尊仁が好きか、心の中をのぞき込まれているような心地になる。

「お願い。普通に、しゃべって」

亜衣が懇願するように言うと、指先で秘裂をつっと撫でられた。たっぷりと蜜をこぼしたそこはすでに綻んでいて、指の腹で擦られるだけで新たな蜜がとろとろと溢れだしてくる。

「敬語プレイもしたかったたって言ったら引く？」

「なに敬語プレイって！」

亜衣が顔を真っ赤にしながら叫ぶと、尊仁がにやりと笑う。いったい彼は想像上の嫁をどうしていたのだ。聞くのがかなり怖い。

「本物の亜衣を抱けて幸せだよ。なぁ、俺の声だけで感じた？」

「ち、が……っ」

尊仁はわかっていて聞いている。キスをした時から濡れてはいたけれど、これほどではなかった。それを指摘されて、逃げだしたいほどに恥ずかしい。

彼はベルトを外して、スラックスの中ですでに硬く勃ち上がっている陰茎を緩く扱く。ポケットから取りだした避妊具を被せると、亜衣の蜜口に押し当ててきた。

「挿れないから、大丈夫」

入ってくる、と身体を硬くしていた亜衣は、尊仁の言葉にほっと息を吐く。中にほしくない、と言ったら嘘になるが。

身体は尊仁を求めて疼いているし、それ以上に尊仁に満足してほしい気持ちが強かった。けれど、妊娠しているのに大丈夫だろうかという怖さも同じだけある。まるでその不安を見透かしたように、尊仁が亜衣のふくらはぎに口づけた。

「だから、ここで擦らせて」

太ももを開き、濡れた蜜口に硬く張った亀頭が押し当てられる。秘裂を先端でぬるりと擦られて、肌が総毛立つような快感が全身に走った。

「あぁっ……はっ……」

亀頭の張りだした部分で秘裂を擦られると、全身が震えてしまうほどの気持ち良さに襲われる。軽く腰を揺すられてひくつく谷間を解された。

「ん、あぁぁっ、擦っちゃ……っ、や」

片方の太ももを抱えられると、ゆっくりと足の間を擦り上げるように彼の腰が動く。びくびくと身体を震わせるたびに、胸が上下に揺れて、淫らな吐息が口から漏れる。

その淫靡な光景に喉を鳴らした尊仁は、手を伸ばし乳房を鷲掴みにした。

「気持ち良くなれそう？」

亜衣の反応を見ていればわかりそうなものなのに、案じるような声色で問われる。心配してくれていると思うと、亜衣は羞恥に堪えながら頷くほかない。

「気持ちいい……からっ、聞かないで」

「もう、ここ、とろとろだもんな」

尊仁の息遣いが荒く激しくなっていく。

愛液で滑ったのか、先端がずるっと勢いよく動き、敏感な淫芽を擦られる。

「ひぁっ」

亜衣は頭を仰け反らせて、感じ入った声を上げた。片方だけ上げられた足のつま先が天井に向かってぴんと張り、じわっと溢れた愛液が避妊具に覆われた彼の陰茎を濡らす。

「辛く、ないか……っ？」

彼の汗がぽたぽたと胸元に落ちる。辛そうなのは尊仁の方なのに、それでも亜衣の身体を労ってくれる。それが嬉しくて、亜衣はぎゅっと彼の腰に足を回した。

「こら……それ、入るっ」

「あ、ごめ……」

尊仁は慌てたように腰を引いた。きっと彼だって挿れたいだろうに、このまま我慢させているのが忍びなくなってくる。

「本当に、しなくて、いいの？」

「亜衣に触ってるだけで、俺も十分気持ちいい。でも、そろそろ限界だから、ここで達かせて」

尊仁は亜衣の両足を持ち上げて太ももをぴたりとくっつけてきた。その隙間に滾った陰茎を差し込み、腰を揺らしてくる。

「あっ……ん」

屹立が谷間を行き来して、裏側でごりごりと擦られる。裏筋の血管の浮きでた部分で敏感な淫芽を撫でるようにして動かされると、激しい愉悦に頭の奥が痺れて、宙に浮いた足先が震えてしまう。

「はぁっ、あ、あっ……そ、んなに……擦っちゃ、や」

亜衣は頭を仰け反らせながら、よがり声を上げた。律動のたびに、愛液が泡立つぐちゃぐちゃという卑猥な音が聞こえて、足の間に挟まれた彼の肉棒がより硬くしなる。

「亜衣……っ」

うっすらと開けた目に映るのは、興奮し熱に浮かされた尊仁の顔だ。亜衣の名前を呼ぶその声も、欲情し切羽詰まっている。

眼鏡を外しているためはっきりとは見えないが、亜衣の身体に夢中になってくれているのはわかる。汗を滴らせる顔も、はだけたシャツから覗く逞しい胸元も、足の間から覗く滾った陰茎も、全部が息を呑むほどに美しく、亜衣は魅了されてしまう。

「尊仁く……っ、好き……あぁぁっ」

感極まった亜衣がそう言った途端、ひときわ敏感な部分を裏筋でぬるりと擦られる。彼の陰茎は愛液でぐっしょりと濡れていて、摩擦なく太ももの間を行き来する。

「可愛いよ……本当に。お前が俺の腕の中にいることが、まだ信じられない……っ」

飛び散った愛液が亜衣の淡い恥毛までをも濡らす。腰の動きに合わせて、ぬちゅ、ぐちゅっと蜜のかき混ぜられる淫音が耳につくと、全身の血が沸騰するほどの羞恥でおかしくなりそうだ。

下腹部の奥が熱くなってきて、達したくて堪らなくなる。亜衣は髪を振り乱し、悲鳴のような声を上げながら背中を弓なりにしならせた。

「ひ、あぁ……っ、ん」

「はっ……もう……っ」

尊仁もだんだんと余裕がなくなってきているのがわかる。抽送は激しさを増していき、太ももを掴む彼の手のひらは汗でびっしょりと濡れていた。身体が揺れる度に足に彼の汗が飛び散る。

「あっ、だめ……だめっ、も……達っちゃ……っ」

きゅうっと子宮が収縮して、全身が激しく戦慄く。背中が跳ねた拍子に太ももの間をぎゅっと締めつけてしまう。次の瞬間、彼がくぐもった声を上げて、苦しそうに眉根を寄せた。

「はっ……う、く」

「ひ、あ――っ！」

亜衣が腰を震わせて絶頂に達すると、彼もまた腰を胴震いさせて避妊具の中に欲望の精を吐きだした。

無意識に彼のシャツを掴んでいたらしく、手を離すとその部分がくしゃくしゃになっている。全身の震えが治まり力を抜くと、蜜口から溢れた愛液がとろりと谷間を伝い、シーツにしみを作る。

「はぁっ……はっ、亜衣……見せて」

尊仁は、弛緩した亜衣の足を左右に開き、顔を寄せてくる。そして、どろどろに蕩けたそこにむしゃぶりついた。

「あぁぁっ、や、それ……だめぇっ！」

ぐじゅ、くちゅっと愛液を啜り上げる音が立つ。達した直後の敏感な部分をあますところなく舌が行き来する。ぬるん、と熱い舌が秘裂を擦るたびに、収まったはずの劣情がふたたびふつふつと湧き上がってくる。

「あ、あっ、あ……待って、ん、あぁぁっ」

亜衣は尊仁の髪を掴んでいやいやと首を振りながらも、無意識に腰を上下に揺らしていた。ねっとりとぬめる舌で硬く凝る花芽を舐められるのが気持ち良くて堪らない。

「それ……やぁっ……んっ、すぐ、達っちゃうからっ」

「達かせたい」

彼は舌先を尖らせて、淫芽をくにくにと押しつぶしたり、扱くように上下にぬるぬると擦り上げてきたりする。柔襞が痛いほどに疼いて、彼のものが中にほしくて切なくなる。

達しなければ収まらないところまで押し上げられると、揺れる腰を両手で押さえられ、激しく舌を動かされる。

「あぁぁっ」

蜜穴から愛液が迸り太ももを濡らすほどの飛沫が上がる。それをさも美味しそうにじゅっと啜られた。汗ばんだ手のひらで太ももを撫で回されて、飛び散った蜜を舐め尽くされる。どこもかしこも敏感になってしまっているのか、手のひらを動かされるだけで足先がぴんと張り、狂おしいほどの快感に襲われる。

気持ちいい。このままでは溶けてしまう。

意識が恍惚としてきて、くちゅん、くちゅんという水音が遠くの方で聞こえる。尊仁に触れるのも、身体を舐められるのも好き。妊娠中だからと気遣ってくれるところも大好き。尊仁に出会わなかった人生など考えられないくらい、彼のいる生活が当たり前になっている。

もうだめだ、落ちていきそうになったその瞬間、かりっと淫芽に歯を押し当てられた。

「亜衣、大好きだよ。我慢しないで、たくさん達って」

彼の吐く息が敏感な秘所にかかり、それだけで、凄まじい性感が身体中を駆け巡る。

「あ、ん――っ！」

尊仁の声に反応し、亜衣はたやすく絶頂に達してしまう。目眩がするほどの陶酔がやってきて、意識さえ奪われそうになる。

「は……っ、あ……も、だめ」

朦朧(もうろう)とする意識の中、汗ばんだ額を手のひらで拭い、濡れた髪を撫でられる。眠気が押し寄せてくるが、足に当たる彼のものはいまだ硬く勃ち上がっていた。

いつも亜衣ばかり気持ち良くなってしまう。それでいいと彼は言ってくれるけれど。亜衣は尊仁に我慢してほしくなかった。

亜衣が腕を伸ばすと、彼が覆い被さってくる。背中を引き寄せ、尊仁の唇を優しく食(は)んだ。下唇を舐めながら、舌先で隙間をつんと突いてみると、彼がふわりと笑ったのがわかる。

「亜衣から、キスしてくれたのは、初めてだ」

「そんなことないよ」

「嬉しい。また一つ、夢が叶った」

尊仁が心底嬉しそうに微笑むから、面映ゆい気分になってしまう。何度もキスはしているのに、自分からキスを仕掛けたのは初めてだったらしい。彼のこんな顔を見られるのなら、もっとしたっていいのに。亜衣はそう思いながら、ふたたび唇を重ねる。

「ん……」

今度は唇の隙間にそっと舌を差し入れてみる。亜衣が積極的にキスを仕掛けている物珍しさからか、彼はされるがままになってキスを受け入れていた。

自分より高い体温の舌に触れると、口腔内に彼の唾液が溢れてきてそれを知らず知らずのうちに飲み込んでしまう。

「……ぁっ、ん」

どこまでも自分の欲求を抑え込み、亜衣を労る尊仁を知ると、胸の中が温かいもので包まれていく。乱暴にされたいわけではないけれど、もっと彼にも気持ち良くなってほしかった。

キスをしながら、亜衣は手を伸ばし尊仁の昂りを撫でる。そしてそのまま唇を離し、身体を下へとずらしていった。亜衣の行為を察した尊仁が、驚きに目を見開き、案じるような表情をする。

「……っ、亜衣……無理しなくていい」

「無理じゃない。尊仁くんに、気持ち良くなってほしいの。やり方、わからないから、教えて？」

尊仁の瞳が期待に揺れるのを見逃さなかった。彼の喉が上下に動く。嫌がっているわけではないと察して、亜衣は手で押さえた屹立の先端に口づけた。濡れた感触のする先端を舌で舐めると、彼の腰がびくりと跳ねる。

「そこ……吸えるか？　そう……っ」

丸い部分を口に含み、軽く吸ってみる。すると手の中にある陰茎が先ほどよりも硬くなった。

「ふぉう？」

こう、と聞いたのだが、彼のものを口に含んだままだったため、上手く喋れない。顔を上げると、なぜか尊仁はこちらを凝視して頬を染めている。すると欲望はさらに一回り大きくなった。

「苦しかったら、全部入れなくていいから……舌で舐めて」

亜衣は言われた通りに、口に入りきらない根元まで舌を這わせていく。びくりと尊仁の腰が震えて、彼が唸（うな）るような声を上げた。気持ち良くなってくれるのが嬉しくて、手で支えながら睾丸から亀頭まで舌を往復させる。

「ん、亜衣っ、待て……それ、やばいから……はっ」

色香を含んだ声に追い立てられるように、亜衣は必死に口を動かした。尊仁が慌てたように亜衣の髪を掴んだ。痛くはないけれど、どこか余裕のないその手つきに亜衣の下腹部がずんと重くなる。

「ひもひ、いい？」

ちゅっと先端を吸いながら顔を上げる。すると髪に触れていた手が頬に動き、指先で唇の縁をなぞられた。切なそうに寄せられた眉や、口から漏れる艶めかしい吐息に煽（あお）られる。

「あぁ」

亜衣は丁寧に舌を動かしながら、陰茎を舐める。まさかこれほど淫らな行為を自ら進んでしてしまうとは思ってもみなかった。ただただ愛おしくて、嬉しくて、もっともっとと夢中になって彼を責め立てる。

「はぁ、ちょ……」

浮きでた血管をなぞるように舌を根元まで這わせる。やり方なんてわからないけれど、彼の腰がぴくりと震えるところを何度も舐めて、垂れてきた先走りを飲み込んだ。

「亜衣……口の中に、入れて……手も動かしてみて」

頷く代わりに先端から呑み込む。亜衣の口では半分も呑み込めず、喉の奥まで到達するとえづいてしまう。気づいた彼が、陰茎を握る亜衣の手の上に自分の手を重ねた。

手のひらがゆっくりと上下に動かされると、手の中にある屹立がどくんと脈動する。舌で亀頭の周りを舐めながら、彼の手の動きに合わせてゆるゆると欲望を扱いた。

「ん……はっ」

短く吐く尊仁の息遣いが色香を増す。重ねられた手が外される。尊仁の手のひらが亜衣の肩を撫で、下から乳房を揉みしだいてくる。急に与えられた刺激に驚いて口を離してしまった。

「あ、んっ」

「続けて」

円を描くように乳首を転がされると、じんと甘い痺れが駆け巡り、彼を気持ち良くするどころではなくなる。

「ん……だって……弄る、から」

軽く乳嘴を摘ままれて引っ張られると、全身がぴくりと震えてしまう。その様子を見ていた尊仁が頭上で口元を綻ばせた。ますます淫らな指の動きで硬くなりつつある乳首を爪弾かれる。

「んっ、んん……っ」

口を離さないようにするが指先が勃ち上がった乳首の先端を擦るたびに、彼のものを口に含んだまま甘やかな声が漏れでる。

開けっぱなしの口からはたらたらと唾液がこぼれて、手のひらが濡れていく。摩擦がなくなり上下に揺らす手の動きを速めると、彼の口からも喘ぐような声が漏れた。

「亜衣……っ、いいよ」

手の動きに合わせて、口を窄めながら顔を上下に動かす。陰茎を必死にしゃぶっていると、唾液がじゅぶじゅぶと淫猥な音を立てて部屋中に響いた。

羞恥は感じなかった。彼の太いものを呑み込むのはかなり辛い。それでも、気持ち良くなってほしい一心だった。

「も……出そう……っ」

口腔内でいきり勃った肉棒がどくどくと脈動する。口の中に美味しいとは言えない彼の先走りが溢れるのも気にならなかった。

はち切れんばかりに膨らんだ陰茎が口腔内で脈打つ。彼がぶるりと胴震いした瞬間、粘ついた精が勢いよく喉奥に注がれる。

「はっ……あ、ごめ……っ。亜衣、出して」

彼は慌てた様子でティッシュを取り、白濁を吐きださせようとする。だが、かなり喉の奥に出されたため、吐きだせずそのまま飲み込んでしまった。

「こら、飲むなよ」

「だめ……だった？」

亜衣がこてんと首を傾げると、尊仁は怒りたいけれど怒れないというような複雑な顔で、亜衣の頭をくしゃくしゃに撫でてくる。

「言っただろ？　妊娠中は感染症に気をつけないとって」

「怒ってる？」

「怒ってない。心配はしてるけど。すごく嬉しかった」

尊仁の目はいまだ劣情を孕んでいる。汗ばんだ髪をかき上げる仕草が扇情的で、亜衣は息を呑む。

「もう少しだけ、亜衣に触りたい……いい？」

「ん……いいよ。いっぱい、して」

すると尊仁はなぜか、シーツに身を沈ませている亜衣に跨がり、滾った屹立を胸元に押し当ててくる。

「こうやって胸を寄せられるか？」

頭の中にはてなマークがたくさん浮かぶが、考えるより前に手が動いていた。「こう？」と首を傾げながら両手で乳房を中心に寄せると、胸の隙間に尊仁の雄々しい陰茎がずるりと呑み込まれていく。

「え……っ？」

「上手。亜衣に負担はないから、じっとしてて」

あまりに卑猥な光景に亜衣は身動ぐことさえできない。ちらりと視線を上に向けると、欲情しきった表情で乳房を見つめる尊仁がいる。

彼は夢中になって腰を前後に揺らしながら、乾いた口元を舌で舐めた。その扇情的な表情から目が離せなくなる。

「いいよ……っ」

熱に浮かされたような声で尊仁が言う。

自分の胸の谷間を行き来する肉棒は、はち切れんばかりに硬く膨らみ、血管が浮きでている。何度も擦っているうちに、剛直の先端からはとろとろと透明な液体が流れだし胸元を濡らす。

やがて彼の息遣いが短く途切れがちになっていった。

彼の興奮している様子がわかると、不思議なもので亜衣まで充足感に満たされる。自分の身体で好きな人が気持ち良くなってくれるのが、とても嬉しい。

「蕩けきった顔して……亜衣も、興奮してる？」

擦られているうちに勃ち上がってしまった乳嘴を指先で弄られる。緩く転がされるだけで、じんっと甘やかな痺れが全身を駆け抜けて、知らず知らずのうちに息が上がっていく。

もう無理だと思っていたのに、胸を弄られるだけで際限なく昂ってしまうなんて、どれだけ自分は淫らなのだろう。

「ん……っ」

指先を往復させて乳首を爪弾かれると、触れられているわけでもないのに隘路がきゅんと疼いた。両胸を寄せている亜衣の手のひらに重ねるようにして尊仁の手が置かれ、揺れる乳房を揉みしだいてくる。その間も尊仁の腰の動きは止まらない。先走りをまとわりつかせた陰茎が胸の狭間で激しく前後に動かされ、ぬち、ぐちっと淫らな音を立てる。

「これ、良すぎるなっ……すぐ、出そう」

両方の乳嘴を引っ張られて捏ねられる。頭上で聞こえる彼の呼吸が荒くなっていき、乳首を弄る指の動きも激しさを増した。触れられてもいない下肢からたらたらと愛液が流れでる。

「はぁ……あ、ん、んっ」

「亜衣も、気持ちいい？」

淫らに濡れた尊仁の声が腰を重くする。下腹部に覚えのある感覚が迫り、嘘だと驚愕に戦慄いた。まさか、胸を弄られるだけで達してしまうなんて、そんなわけがないと亜衣は頭を振る。

「あっ、だめ……なんかっ」

亜衣が腰をくねらせて身悶(みもだ)えると、尊仁は満足そうに魅惑的な笑みを浮かべる。

「もうここだけで達けるのか？　最高に俺好みの身体だな」

脈動する屹立がさらに大きく膨れ上がり、谷間を激しく擦り上げてくる。

「はっ、あー、出そう……亜衣、目を瞑ってて。顔にかかる」

腰を叩きつけるように動かされて、亜衣の口元に届きそうなほど亀頭が眼前に迫る。興奮した彼の息遣いに亜衣まで反応してしまう。

「はぁ、あ、ん、私も、もう……だめっ」

先端はいやらしく濡れ光り、卑猥だ。これが中にほしい。亜衣はこくりと喉を鳴らして唾を飲み込む。目を瞑ると指の動きをより鋭敏に感じ取ってしまい、身体が燃え上がるように熱くなってくる。

「出すよ。できれば……っ、口も、閉じて」

「あ、んんんっ、む、り」

次に彼がどう動くのかがわからないと、身体がよけいに期待して昂る。きゅっと乳首を摘ままれて、左右同時に円を描くようにして転がされ、激しく全身が震える。

堪らずに亜衣が背中を浮き上がらせると、屹立が胸の谷間でびくびくと脈動した。

「んん──っ！」

そして亜衣が全身を痙攣(けいれん)させ達するのと同時に、顔に温かいものが浴びせかけられた。粘着性のあるそれがなにかなんて言われなくともわかっているけれど、彼が吐きだした精だと思うと不思議と愛おしさが生まれる。

目をうっすらと開けると、興奮で頬を赤らめた尊仁と目が合った。彼は欲情した顔を隠そうともせずに、射貫くように亜衣を見つめてくる。

「尊仁、くん」

亜衣は口を閉じることもできずに、呼吸を荒くしながら意味もなく彼を呼んだ。

「無理、させたか？」

首を左右に振って応える。

尊仁は頬や首にべったりとついてしまった白濁をティッシュで拭き取り、亜衣の身体の上から退いた。汗を拭い、手のひらで髪をかき上げる仕草にすらときめいてしまう。

「少し休んだら、風呂入ろうな」

亜衣が頷くと、情欲を伴わない軽い口づけが贈られた。


バスタブに浸かりながら背後から抱きしめられて、亜衣はほぅっと吐息を漏らした。

なにもしなくていいからと、髪や身体はすべて彼が洗ってくれた。普段なら、羞恥に耐えきれず断るところだが、疲れていて身体に力が入らず、至れり尽くせりの状況で今に至る。

「なんか、のぼせちゃいそう」

溢れそうな湯が熱いのもあるが、尊仁が隙あらばキスを仕掛けてくるため、収まったはずの身体がふたたび熱を持ちそうで落ち着かない。

「俺に？」

「どっちも」

亜衣がそう言うと背後からくすくすと笑い声が聞こえてくる。

「そうだ。あのね、私の仕事の話なんだけど」

市川に言ったようにロケートに戻るつもりはないが、出産後のことは話し合っておいた方がいいと思っていた。保育園を利用するにしても、早めにいろいろと調べておかなければならない。

「出産を終えてからの話だよな？」

「うん。私もそう思ってる。今、就職活動しても、すぐに産休と育休に入っちゃうから。それまで甘えていいてもいい？」

「当たり前だろ。べつに育休後も焦って探さなくてもいいよ。専業主婦はだめ？」

「専業主婦かぁ……」

考えてもみなかった。働く前提でいたのは、亜衣の母が育児をしながら働いていたからだ。母は今も瑛人(えいと)を育てながら働いている。

けれど、子どもが小さい家は専業主婦になる人も一定数いる。それはそれで幸せだとは思うが、亜衣は母を見ていたからかそういう考えに至らなかった。

「なにかやりたい仕事があるのか？」

尊仁にそう聞かれて、言葉に詰まる。

やりたい仕事と言われてもぴんとこない。そもそもロケートを選んだ理由も、大企業で安定しているると思ったからだ。結局は、簡単にクビになってしまったけれど。

「尊仁くんは？　どうしてお医者さんになろうと思ったの？」

「俺？」

「うん、頭いいのは知ってたけど。なにかきっかけがあったのかなって」

「きっかけは……まぁ、あったか。俺の父親が、医師だって話はしてないよな？」

「あ……うん」

知っているけれど。とは口に出せなかった。もしかしたら彼は、あの人に少しでも認められたくて医師になったのだろうか。

「中学の頃、噂になった通りだよ。父親は、ほかに家庭がある人なんだ」

「そっか」

「一応、戸籍上の父ではある。でも、結局は母よりも妻である女性を選んだってことだろう？　『愛人の子』『捨てられた子』なんて言われて、否定したいのにできなかった。事実だからな。悔しくて、父親のせいにしなければやってられなかった。当然、父親に対しての反発心もあって……高校くらいまでは、絶対医者だけは選ぶものかって思ってたんだ」

「そんなの……当然、だよね」

亜衣はそう言いながらも、頭に思い浮かべる松浦病院長が尊仁の母親よりも現在の妻を選んだという話に違和感を覚えていた。人は見た目に寄らないのかもしれないが、愛人を作るなんて、そんな無責任なことをする人にはどうしても見えなかったのだ。

「でも『自分がどうやって生きるかだ』ってお前の言葉に救われた。母が入退院を繰り返すようになって、自分が助けられたらと思うようになったんだ。まぁ間に合わなかったけどな。それで大学は医学部を選んだ。考えてもみれば、金がなきゃ医学部もいけなかった。だから今は父に感謝してる。わりと安直な理由だろう？」

「お父さんには、会わないの？」

「会わないっていうか、会えないんだよな。実は、父は……松浦総合病院の院長をしてて……」

「知ってたのっ？」

亜衣が驚いて聞くと、同様に尊仁も目を瞬かせた。

「もしかして、会ったのか？」

「うん……あのね……」

今日、病院で話しかけられたことを話すと、尊仁はため息交じりに苦笑する。彼の顔がやはりとてもあの人に似ていて、切なくなった。

「母が亡くなる直前にすべて聞いたんだ。父は恋人だった母と結婚するつもりだったらしい。でも当時、松浦総合病院は経営難に陥っていて、父と決められた相手との結婚が不可欠だった。俺がお腹にいるとわかって、一度は母を選んだようだが、その相手は狡猾なやり方で父と既成事実を作り、結婚するに至ったそうだ」

「そんな……」

「相手の女性は気位の高い人で、母と俺の存在を絶対に認めなかった。父が俺たちに連絡を取っただけで、母の仕事先に乗り込んでわめきちらすような人らしい。だから父は、俺たちを守るために……認知届を出すこと、俺の大学までの養育費を支払うことを約束し、その上で二度と会わないと念書まで作った。俺たちが危険に晒されるからと、電話すらかかってこなくなった。父はそうやってずっと俺たちを守ってくれていたのだと、母が言っていた」

そうか、だから結婚をお父さんに知らせなくていいのかと聞いた時、彼は首を振ったのだ。今度は、亜衣を危険に晒さないために。

「でも……一度も会わなくて、いいの？」

「実は、昔、気になって調べたんだよ、父のこと。ふっと気が向いて病院に行った」

尊仁は、母に聞いて父親と同じ大学の医学部を受験したと言った。医師として働きだせば、もしかしたらどこかですれ違う可能性があるかもしれない。そんな期待をしていたのだ、と。

「会ったの？」

尊仁は首を横に振った。

「遠くから見ただけだ。情けないことに、どんな顔して会っていいか、わからなかった」

「お義父さん、私たちの結婚、知ってたよ。おめでとうって言ってくれた」

「そうか」

「あと、あの子は元気にしてるかって。あの子って歳じゃないなって笑ってた」

「そうか……」

亜衣が言うと、尊仁の目が切なそうに細められる。

本当は会いたいはずだ。互いに「ありがとう」も「すまなかった」も言えず、時が経ってしまったのだから。

「尊仁くんが年取ったら、あんな風になるんだろうなってくらいそっくりだよね。少ししか話してないけど……いいお父さんだと思う」

「亜衣、ありがとうな」

「ううん……っ、私、なにもできなくて、ごめん……っ」

後ろからキツく抱きしめられて、亜衣は首を横に振った。嗚咽が漏れる。彼が泣かないから、彼の代わりに自分が泣いているような気がした。

いつか、会える日が来ればいいのにと願わずにはいられない。

「私が……尊仁くんに家族をたくさんあげるから」

泣きじゃくりながら言うと、尊仁ははにかみながら頷いた。

彼が寂しくないように、たくさんの家族に囲まれて過ごせるように。

「俺も、子どもはたくさんほしいって思ってた」

「まだこの子が生まれてもないのにね」

亜衣が泣き笑いの顔で微笑むと、尊仁の唇が頬に触れる。

「お前を好きになってよかった」

「うん……っ、私もだよ」

尊仁は亜衣を抱きしめている腕の力を緩めると、そろりと腰の湾曲を撫で上げてくる。

「……っ」

「じゃあ、頑張らなきゃな」

「頑張るって！」

亜衣が顔を赤くして言うと、耳元で「生まれたら、また、いっぱいしよう」と囁いてくるのだから堪ったものではない。

「上がる！　もうのぼせそう……っ」

「俺に？」

「決まってる！」

尊仁がひどく上機嫌な顔で破顔した。その微笑みをずっと見ていたいと思ったのは内緒だ。

第五章

空は灰色の雲に覆われていて、冷たい雨が空から降り注いでいた。四月に入ったが、夜は春用コートを着ていても寒い。亜衣はかじかんだ手を擦りながら玄関のドアを開ける。

夕飯をシチューにしようと思い立ったのは、スーパーへ行ってからだ。寒い日はやたらとシチューが食べたくなる。

手に持ったビニールをキッチンへと運び、カーテンを閉めた。夏が近づいているのか、日の入りは遅くなっているが、今日のように雨が降っていると室内は薄暗い。

キッチンの電気をつけて、買ってきた食材を冷蔵庫に入れると同時に、今日使う食材をカウンターへと置いていく。長い髪を後ろでまとめて、手を洗った。

(よし、ちゃっちゃと作っちゃおう)

正直なところ、料理の腕は彼には到底及ばない。というより、彼は見た目の美しさや盛り付けにまでこだわる人だ。亜衣も彼の真似をして飾り切りなどをやってみたものの、だんだんと面倒になり今は手早く簡単を優先させてしまう。

それでも尊仁は亜衣が作る料理を喜んでくれる。一見冷たそうに見える人だが、亜衣に対してはことさら甘いのだ。だから休日に二人で料理をしている時はけっこう楽しい。作るのは亜衣で、盛り付けは彼で。片付けは一緒に。これもまた彼の想像の中にあったらしく苦笑してしまったが。

「うん、美味しくできた」

時計を見ると夜六時を過ぎている。亜衣は鍋の火を止めてエプロンを外す。今のうちに洗濯物を片付けてしまおう、とキッチンを出たところでインターホンが鳴った。

部屋の前にあるインターホンの音ではないから、オートロック入り口に誰かが来ているようだ。宅配便だろうかとカメラで確認をした亜衣は、ぎくりと身を強張らせた。

(なんで……ここに)

今までの幸せな気持ちが一気に失せていくのを感じる。市川から、以前の住所がばれたという話は聞いた。だが、今住んでいるところまでは知られていないはずだ。

カメラに写る磯山夫人は苛立った様子で、もう一度インターホンを押してくる。部屋中に響くその音に肩が震える。怖くて堪らなかった。

(まさか、調べたの……？)

磯山夫人は亜衣が不倫相手だと今でも思っているのだ。会社を辞めさせただけでは腹の虫が治まらなかったのか。自分が不倫相手ではないと何度言っても信じてはくれなかった。不倫をしていない証拠を出せと言われても出せるものではない。

どうしよう。どうすれば。そう考えているうちに、三度目のチャイムが鳴った。

「違うって……何度も言ったのに……っ」

肩で息をしながら、身を潜める。居留守を使っているのが相手にわかるはずもない。だが、磯山夫人は何度もインターホンを鳴らしてきて、諦める様子はまったくなかった。

時計を見ると、そろそろ尊仁が帰ってくる時間だ。

彼にはロケートでの出来事を話していない。もう終わったと思っていたし、話すきっかけもなかった。それに、日々の幸せに影を落とすような話をしたくなかったから。

誤解を解いて早く帰ってもらわなければ。

亜衣は震える手でインターホンの通話ボタンを押す。

「はい」

『横山さん、話があるの。すぐに来てね。下で待ってるわ』

彼女の口調はあの日と同じだ。まだ亜衣が磯山部長の不倫相手だと思っているに違いない。どうやって住所を知ったのかはわからないが、亜衣が行くまできっと待っているだろう。

身体が重い。無意識に腹部をさすりながら、亜衣はのろのろと玄関へと向かった。本当は行きたくなんてない。自分はなんの関係もないのにどうしてだろう。すでに何百回も考えたが、もちろん答えなどわかるはずもなかった。

エレベーターが故障してくれればいいのにと考えつつ乗り込むと、途中で一度も止まらずにロビー階のある二階に到着してしまった。頭の中に心臓の音がうるさく響く。会社のロビーで倒れ込んだ時のことがフラッシュバックしてきて怖気づきそうになる。

磯山夫人は自動ドアの外で待っていた。マンション内には来させたくない。だが自動ドアを出たタイミングで、亜衣を押しのけるようにして磯山夫人が中へと入ってきた。

「入るわよ」

「あ、あの……っ、ちょっと」

亜衣の制止は間に合わなかった。まさか彼女の腕を掴んで止めるわけにもいかず、亜衣はただただ呆然と磯山夫人のあとを着いていく。コンシェルジュが心配そうにこちらを見るが、なにかされたわけでもない。気分的には助けを求めたいが。

「へぇ～」

磯山夫人はわざとらしいほど甲高い声を上げながら、エントランスロビーを見回した。その声に亜衣を嘲るような響きが混じっていることに気がつかないはずもない。

「なんでしょうか」

亜衣は固い声で聞き返した。

「いえ、ね……感心してるのよ。ずいぶんといいところに住んでるみたいだから。だって、あの人と別れてまだ数ヶ月でしょう？　今度は誰を騙してるの？　若いっていいわねぇ」

磯山夫人は顔を歪ませて言った。どうやって調べたのかはわからないが、亜衣が住んでいるマンションを知り、誰かに金を出させていると思ったのかもしれない。

「あなた程度の女に騙されるなんて、どうせ碌(ろく)な男じゃないでしょうけど。あぁ、また不倫かしらね？」

吐(は)き捨てるような言葉だった。それは自分の夫をも誹謗(ひぼう)しているのだと、磯山夫人は気がついているのだろうか。ふつふつと怒りがこみ上げてきて、握った拳(こぶし)に爪が当たる。

自分はまだいい。なんと言われようと真実は違うのだから。けれど、どうせ碌な男じゃないなんて、亜衣と結婚してくれた尊仁までバカにするのはどうしても許せない。

「不倫じゃありません！　磯山部長の相手は私じゃないって何度も言ったじゃないですかっ」

出入り口付近にいる自分たちは非常に目立つ。何人かの住民が通り過ぎ、亜衣たちをちらちらと見てきた。揉(も)めているのは雰囲気(ふんいき)でわかるのだろう。関わりたくないのかそそくさと立ち去る人の姿がある。

「あの、外で話しませんか？　ほかの住民の迷惑になりますから」

「後ろめたいことがあるって大変ね。違うって言うなら、堂々としていればいいじゃないの」

亜衣はぐっと唇を噛(か)む。違うと言っても信じないではないか。彼女に根拠を示せるだけの証拠がない。それが悔しい。なにも言い返せない。

「なんの用でこちらに？」

磯山夫人は移動する気はないらしい。

仕方なく亜衣が話を変えると、磯山夫人は憎々しげに口元を歪めた。なぜわからないのかと言いたげに睨まれる。

「どうしてもう終わったと思ってるの？」

「え……」

「人の家庭を壊しておいて。自分は新しい相手を見つけて、夫のことなんて忘れたんでしょう。でもね、私、許せないのよ。人のものに手を出しておいて、なんの反省もなくのうのうと生きてるあなたみたいな人が！」

磯山夫人の手が振り上がり、亜衣に向かってくる。亜衣は思わず身を屈めて腹部を庇った。磯山夫人の手が不自然な体勢で上げたまま止められる。

「あなた……まさか」

磯山夫人の声は怒りに震えていた。亜衣は肩で息をしながら腹部を押さえて一歩後ろへと下がる。

「誰の子？　まさか、主人との間にできたなんて言わないわよねっ？」

「違う！　そんなわけないっ！」

頭の中で怒りが限界値を超えた感覚がした。亜衣は、相手を敬う気持ちすら忘れて声を上げる。どうしてここまで言われなければならないのだろう。磯山部長とはなんの関係もない。お腹にいるのは尊仁の子だ。

「新しい男の子どもなの？　あなたが今もまだ主人と会ってたら、それもわからないわよね？」

はっはっと短い呼吸が漏れて怒りで全身が震える。泣きたくなんてないのに悔しさで涙が溢れてくる。否定したいのに言葉が出てこない。悔しい。ただただ悔しい。

「子どもまで作って、そうまでして男に寄生して生きていきたいの？　本当に浅ましいわねっ！」

磯山夫人の手が伸びてきて、以前と同じように身体が後ろへと押されそうになる。

その時、背後から腕を引かれて、亜衣の身体が一歩後ろへと下がった。磯山夫人の手は亜衣に届くことはなく空振る。

「亜衣？　こんなところでなにを？」

彼の声に身体から力が抜けていく。来てくれたという安堵と共に、磯山夫人の言葉が思い起こされる。

——主人との間にできたなんて言わないわよねっ？

もしも尊仁も同じように思ったら。

時期としてはどちらの子どもかわからない、尊仁がそう不信感を抱いたら。

「尊仁、くん」

尊仁は亜衣を背後に庇（かば）うようにして、磯山夫人の前に立った。そして磯山夫人は、亜衣が尊仁の名前を呼んだため、なにやらいろいろと勝手な憶測を立てたのか侮蔑（ぶべつ）の表情を浮かべる。

「へぇ〜、今度はずいぶんと若くていい男を見つけたのねぇ。ほんと、人は見かけによらないって、あなたみたいな人を言うのね」

磯山夫人の物言いに尊仁が眉を顰めた。それも一瞬で、彼はすぐに切り替えたのか余所行き顔で口を開く。

「あなたは？　亜衣のお知り合いですか？」

尊仁が物腰だけは柔らかく磯山夫人に問いかける。すると彼女は、よく聞いてくれたと言わんばかりに得意気な表情をして語りだす。

「あなたの後ろにいるその女は、うちの主人と不倫関係にあったの。会社を辞めて逃げたつもりでしょうけど、また次の相手を物色してるんですもの。念のため調べておいて本当によかったわ。この女の腹にいる子だって、誰の子なんだかわかったもんじゃないでしょう？」

「違います！　この子は……っ」

「不倫？」

亜衣と尊仁が同時に言葉を発する。尊仁が不快そうに眉を寄せ、ちらりと亜衣を振り返った。その表情に亜衣は身を竦ませる。

怖かった。尊仁が疑念を抱くことが。「どういうことだ？」そう聞かれるのが。耳も目も塞いでしまいたい。信じてほしい。けれど、信じてくれなかったら。そんな思いに囚われる。

亜衣が妊娠した時も、彼は誰の子どもかなどと尋ねてこなかったし、自分の子であると当然のように話していた。けれどそれは、彼が亜衣の不倫疑惑を知らなかったからだ。知っていたら違っていたかもしれない。今、磯山夫人があることないことを話して、彼がそれを信じてしまったら。そう思うと不安は消せない。

（誰の子だって……そう思うよね、普通は）

不倫と聞いて彼が亜衣を疑うのは、考えてもみれば当然ではないか。もう終わったことだからと話さなかったのは自分。

けれど――。

（信じて、ほしい）

心がぽきっと音を立てて折れそうだ。疑いの目を向けられるのが恐ろしくて、顔を上げられない。緊張で全身が強張り、握った拳が震える。亜衣は口を開くこともできなかった。

侮蔑の表情で見られたら。本当は誰の子だと聞かれたら。

「訴える準備もできてるわ。あなたも金銭的な被害を受けているなら、私が話を聞きましょうか？」

「亜衣を訴える……そういうことですか」

尊仁が疲れたように嘆息し、身体をこちらに向けた。亜衣が恐る恐る仰ぎ見ると、すっと目が逸らされる。その瞬間、すべてが壊れてしまった気がした。

（そっか……やっぱり、信じられないよね）

自分だけは真実を知っている。この身に宿っているのは尊仁の子どもだと。遺伝子検査をすればわかるだろう。けれど、彼に疑われたという事実は消せない。『自分の子どもではないかもしれない』一度はそう疑った子を彼は愛せるのか。『不倫をしてできたかもしれない子』がたとえ事実ではなくとも、かけられた疑いはこの先もずっと自分たちの関係に影を落とすだろう。

諦めて肩を落とした、その時。

「大丈夫だから」

尊仁の腕が腰に回り、耳のすぐそばで愛しい人の声が聞こえる。俯いていた亜衣の心にわずかな希望が宿った。

そしてぎゅっと強く抱きしめられて、亜衣は震える唇を必死に動かし「どうして」とか細く呟いた。しかしそれに答えは返ってこない。

「……この人の言ってたこと、信じたんじゃないの？」

亜衣がぽつりと聞くと、心外だと言わんばかりに抱きしめる腕の力が強くなり、小さな声で囁かれた。

「信じるわけないだろ」

「どうして、そう言えるの？」

心の中では信じてほしいと思っているくせに、口から漏れるのはどうせ疑っているのだろうという言葉ばかり。彼はそんな亜衣に怒りもせず柔らかな声で語りかける。

「お前は不倫なんてしないって、俺が一番よくわかってる。あとでちゃんと説明するから、そばにいて。逃げるなよ。あと、なにを言われても俺を信じて。決して俺は、亜衣を傷つけない。誰にも傷つけさせないから」

彼は耳元でそう囁くと、亜衣の身体を解放し磯山夫人に向き合った。

「あなたに話があります。少しよろしいですか？」

尊仁はエントランスロビーの奥まった場所にあるソファーに視線を動かした。あちらで、と言いたいのだろう。

「えぇ、私もこの女に話があるのよ。この女は信じるに値しない、あなたが騙されてると説明してあげるわ」

磯山夫人の言葉に彼はなにも返さなかった。亜衣は不安を覚えながらも、手を引かれるまま着いていく。すると、尊仁は繋いだ手と反対の手で、なにやらスマートフォンを操作していた。そして軽く手を上げコンシェルジュを呼び、一言、二言会話をする。

（どうしたんだろう、仕事……？）

ローテーブルを挟んで二人がけのソファーが向かい合わせで二台、その間に一人用のソファーが一台置かれている。亜衣と尊仁は並んで座り、磯山夫人が向かいに腰かける。

尊仁が先ほど頼んだのだろう。コンシェルジュがティーカップをテーブルへと運んできた。磯山夫人がカップを手にして口をつけ、ソーサーに戻されたのを見計らうようにして尊仁が切りだす。

「あなたから、なにがあったのかを一通り伺ってもよろしいですか？」

「えぇ、いいわよ」

磯山夫人が語った夫の不貞に亜衣は眉を顰める。それは違うと口を挟もうとすると、尊仁に手を握られた。大丈夫だからと言われているようだ。

彼は、俺を信じてと言った。決して亜衣を傷つけない、とも。

亜衣は深く息を吐(は)いて、磯山夫人の言葉を聞き流す。彼が信じてくれるのなら、誰になにを言われても構わなかった。

しばらくすると、彼は入り口へ視線を向ける。釣(つ)られて亜衣もそちらを見ると、あらかじめコンシェルジュに話してあったのか、一人の男性がオートロックの入り口から中へと入ってきた。

尊仁が頷(うなず)き、男性は軽く手を上げて応える。

「早いな」

「ちょうどこの辺りにいたからね。仕事帰りにお前のとこに寄ろうと思ってたんだよ」

尊仁と年齢はそう変わらなそうだが、ピンクのワイシャツに派手な色のネクタイを締めている男性は、朴訥(ぼくとつ)な性格の尊仁とは正反対に見えた。話しぶりからして友人だろうか。

「はじめまして。三浦(みうら)です。君が亜衣ちゃん？　一応こんなんでも、弁護士なんてお堅い職業に就いてます。よろしくね」

「え、あっ……はじめまして」

男性は名刺を差しだしてきた。そこには弁護士事務所と彼の名前――三浦拓、とあった。亜衣が慌てて頭を下げると、三浦は柔らかい笑みを浮かべて一人がけのソファー席へ座った。

「こちらの方は？」

磯山夫人は喋り疲れたのか口を潤しながら、三浦へ視線を向けた。

「私が勤めている大学病院の顧問弁護士です。いろいろと調査を頼んでいまして、それを持ってきてもらったんですよ」

「三浦と申します」

三浦は同じように、磯山夫人へ名刺を差しだした。

「ふぅん、そうなの」

磯山夫人はぶしつけな視線で三浦を見た。やがて納得したような顔をする。

「わざわざ来てもらって悪いけど、この女を告発する準備は整ってる。証拠もあるわ。私はね、人の夫に手を出しておいて反省もせず、男漁りを繰り返してるこの女のことを知ってほしかっただけ。私が気がつかなかったら、あなたも騙されるところだったのよ？　どうするかはあなたの自由だけど、もし訴えるなら力になるわ」

磯山夫人は自分の行動を善意だと信じて疑ってもいない。もともとは世話好きなのか、尊仁へ向ける目は、とても親身だ。

彼女の言う証拠とは、後ろ姿しか写っていないあの写真だろう。あれでは亜衣かどうかなどわからない。だが磯山部長がそうと認めたため、別人という考えには至らないのかもしれない。

「あなたのお話はわかりました。ですがこちらでも調査した結果がありますので、間違いがないか一緒に確認してはいただけないですか？」

「そういうことならいいけど」

三浦はテーブルの上に封筒を置き、中から資料を取りだした。すると黙ったままの亜衣に目を向けた磯山夫人が蔑むような口調で続ける。

「親が親なら子も子よね……」

その言葉に亜衣は俯いていた顔をぱっと上げた。亜衣の住んでいる場所を調べたくらいだ。きっと母のことも調べたのだろう。

（お母さんは……関係ないのに……っ）

自分が疑われるのも侮辱されるのもべつにいい。けれど尊仁だけではなく、亜衣をたった一人で産み育ててくれた母をも、この人はバカにするのか。

ぎりっと歯を噛みしめて睨むと、磯山夫人は冷ややかな表情で見つめ返してくる。

「なによ。本当のことでしょう？　母親が不倫をしてできた子なんだから。そういう母親を見てたから、同じようなことをするのよ！」

「違います！」

「どこが違うって言うの⁉」

たしかに母はなにも知らずに、結婚している男に騙される形で亜衣を産んだ。その男の妻からしたら堪ったものではないだろう。

けれど、一度だって母は亜衣に恨み辛みを聞かせなかった。父を責める言葉も。騙されたと後悔はしていたけれど『あの人に会わなかったら、亜衣は生まれなかったのよね。むしろ良かったわよ』それが母の口癖だったのだ。この人にわかってほしいとは思わない。ただ、悔しくて、涙が滲む。

その時、大丈夫だからと亜衣を宥めるようにして、尊仁が背中を軽く撫でてくる。亜衣は頷いて押し黙った。

「彼女の母親については、今はなんの関係もないでしょう。それに、調べたのなら知っているはずです。彼女の母親は未婚でした。独身だと偽って女性を騙す男が最低なんですよ」

「そんなの本当のところはわからないわよ。私はただ、当然のように不倫に手を出す彼女の神経を疑ってるだけ。生まれと育ちが悪いなら仕方がないわ。あなたもでしょうけど、夫もこの女の真面目そうな見た目に騙されたのよ」

「会社での評価は高かった。彼女は真面目で、どんな雑用でも断らない。あなたのご主人もよく彼女に仕事を頼んでいたようですね」

尊仁が資料を手にしながら言った。

「そうよ！　いい顔して人の夫に近づいて……」

「たしかに調査報告書には、当時の営業部上司である磯山部長と横山さんの不倫について、記載がありました」

「えぇ、そうでしょうとも」

磯山夫人は冷笑を浮かべながら尊仁の言葉に頷く。だが、そのあとに続く言葉に目を見張った。

「ですが、彼女が不倫をしていたという決定的な証拠はなかった。彼女とあなたの夫に不倫関係があったかどうか。結局それはわかりませんでした。だから、べつの視点から調べてみたんです」

「どういうことよ」

「最初から、磯山部長の不倫相手は、横山さんではない。べつにいると仮定して調べさせました」

「な……っ！」

顔色を変えたのは磯山の妻だ。

「そんなわけないわ！　きちんと調査をしたのよ！　ホテルから出てきた写真だって……」

「それはこれですか？」

三浦が数枚の写真をテーブルに置いた。

磯山夫人に見せられた写真と同じものだ。だがよく見ると、違う。

会社のロビーで見た写真には、女性の顔が写っていなかった。けれどこの写真は、女性の顔がわかるような角度で撮られている。女性の顔立ちは亜衣と似ても似つかない。磯山夫人も愕然としているようで、亜衣の顔と写真に写る女性の顔を交互に見ていた。

「違うわ。私が見たのはこれじゃない。どういうこと？」

磯山夫人は、本気で亜衣が磯山と不倫をしていると信じ切っていたのだろう。根底から覆（くつがえ）された調査内容に驚き、自分が間違っているとは信じたくない様子だ。

「化粧で、ごまかしてるんじゃ……」

「いいえ。写真に写る女性の身元もわかっていますから。この女性は横山さんではありませんよ。で、こちらからも一点伺いたいのですが、調査は誰に頼まれたんです？　ロケートの元副社長だったあなたのお父様にですか？」

「ええ、そうよ。父がよく使っていた調査会社に。信用のおけるところだからそうしろって」

磯山夫人は訝（いぶか）しげに首を傾げながらも頷いた。そして自分を落ち着けるようにカップを手にする。口を潤しながらも彼女の顔は写真に固定されている。まだ信じられないようだ。

「あなたは騙されてたんですよ。お父様と夫君に」

そう断言したのは三浦だ。

騙されていた、とはどういうことだろう。単純に人違いで亜衣を疑ったというわけではないのか。

「騙すって……どうして」

「夫君――磯山さんの浮気相手が、調べられたら困る相手だからです。調査会社の人間は、これをあなたに見せてもいいかお父上に確認をしたようですよ。あぁ、こちらも見ますか？」

三浦が言うと、尊仁はさらに一枚の写真を撮りだして、磯山夫人へと差しだした。磯山夫人は怖いものでも見るかのようにそっと写真をたぐり寄せる。

「これらはすべて、調査会社があなたに見せなかった写真です」

亜衣もテーブルに置かれた写真に視線を移した。

そこに写っていたのは、キツそうな美人のアップだ。先ほどよりも鮮明に表情まで見て取れる。

身体のラインがはっきりと浮きでるハイウエストのタイトスカートに、胸元が大きく開いたVネックのシャツ。コートは着ていないから、春か夏頃に撮られたのかもしれない。女性の化粧は濃くかなり派手だ。会社帰りと思われる磯山部長と並んでいると、そういった店の従業員と客という印象を受ける。

「女性の名前は、石野香子さん、三十五歳。株式会社ロケート、現会長の末の娘です。会長は、あなたのお父様……磯山元副社長の上司でしたね。今も懇意になさっているとか」

「……っ、そ、んな」

肩を震わせた磯山夫人は、掠れた声で三浦を見る。彼女の目には、先ほどまでの自信は欠片もなかった。

「石野さんは、自分を省みない夫への当てつけのために、遊べる相手を探していたようです。好きでもない男のもとへ嫁がされ、会長である父親への恨みもあったと。磯山さんとは飲み屋で偶然会い、その日のうちに不倫関係になったようです。しばらくして石野さんはロケートの関係者で、会長の娘であることを磯山さんに打ち明けたと言っています。石野さんにとって父親の部下だとわかった磯山さんは憂さ晴らしにちょうどよかったんでしょう。磯山さんから別れを切りだされて、なら会長にばらすと脅したようですし」

三浦の話を聞き、驚きを隠せない。まさか、磯山部長の不倫相手が会社の関係者だったとは。

同時に、なぜ亜衣を不倫相手としたのかにも気づいた。

（会長にバレたら、困るからだ……そんなことで私を？）

事実無根の不倫相手とされ、退職に追い込まれた。不倫を隠すためだけに。

「石野さんの素性を知った磯山さんは、焦って義父に相談したはずです。そしてあなたのお父上は、会長にバレることを恐れた。だから磯山さんに、適当な不倫相手を用意しろとでも言ったんでしょうね」

三浦はちらっと亜衣に視線を向けながら、申し訳なさそうに言った。

適当な不倫相手——もちろん亜衣のことだ。

磯山部長もその不倫相手も身勝手過ぎる。当てつけのために不倫をしたとか、別れを切りだされて脅したとか。そもそも遊べる相手を探していた石野に応じたのは磯山部長だ。たとえ脅されたとしても自業自得で、亜衣を巻き込む理由にはならない。人の人生をいったいなんだと思っているのだろう。

「磯山部長にはまったく同情できませんが」

尊仁も亜衣と同じように感じたのか、吐き捨てるような口調で言った。

「さらに、浮気したことを心底後悔しているふりをして、あなたが勘違いするような横山さんの調査報告書を作成し渡したんでしょう。まさかあなたが会社にまで乗り込んでくるとは思っていなかったようですが」

「そんな……」

磯山夫人の顔からは色が失われていた。

ずっと恨みに思っていた相手が実は本当の浮気相手ではなかったと知ったのだ。それも、実父と夫によって騙されていたと知った彼女の心情がどのようなものか、亜衣には想像できない。

「顔が写ってる写真が一枚もないのはおかしいとは思ったわ。でも……あの人が横山さんと不倫したって。最初は悪かったって謝っていたのに、しばらくしたら父と一緒になって、終わりにしろ、浮気の一つ二つくらい笑って流せと言うの。私が何度許したと思ってるの⁉　もう限界よ……っ、これ以上許せるわけないじゃない！」

磯山夫人は悲鳴のような声で胸の内を吐きだした。

磯山部長は妻の実家に婿養子として入ったと聞いた。力関係では妻の方が上だと思っていたが、実際は義父の言いなりだったのだろう。

父親は大して力になってくれず不倫を笑って流せという。そしてとうの夫は後悔を口にしてはいるものの反省はさほど見られない。だから亜衣を訴えると決めた、そう磯山夫人は話す。

「訴えると言っても、夫は止めなかったわ。むしろ協力的だった。この人が引っ越した先も調べてくれたわ……」

それは、磯山夫人が亜衣について調べている間は、本当の不倫相手がバレないと安堵していたからではないだろうか。本当に裁判沙汰になって困るのは磯山部長だ。その場合、今度は父親が磯山夫人をたしなめる役どころだったのかもしれない。

(悔しいな……)

おそらく磯山部長は、亜衣の性格をわかっていて巻き込んだのだろう。どんな仕事を頼まれても、嫌な顔一つせずこなしていたから、断れないタイプだとでも思ったのかもしれない。契約社員であることも理由の一つではあっただろうが。

磯山部長の事情を知っても納得はできなかった。さらに怒りが湧いてきそうなくらいだ。

亜衣は唇を噛みしめながら、膝に置いた手を震わせる。すると尊仁が、繋いでいる手をきゅっと握り、心配そうに亜衣を見ていた。

(大丈夫……私には、尊仁くんとこの子がいる)

会社をクビになったことも、不倫相手にされたことも許せはしない。けれど亜衣は、会社や磯山夫人に対して仕返しがしたかったわけではない。ただ、真実が知りたかっただけだ。

(私にとっては……終わったこと)

事実がわかったのだからもういい。亜衣はそっと腹部を撫でて気持ちを落ち着かせる。心配そうにしていた尊仁は、亜衣の様子を見てもう一度手を握ってきた。

過去を蒸し返し、誰かを恨んでもどうしようもない。もちろんなぜ自分がという悔しさや怒りはいまだに胸に渦巻(うずま)いているが、あとはきっと磯山夫人の問題なのだろう。

「これには磯山部長と石野さんの浮気の証拠が入っています。あとはあなたの好きにすればいい。で、亜衣は今後どうしたい？」

尊仁は書類一式を封筒に入れ直して、テーブルの上に置いた。そして亜衣に尋ねる。

亜衣は、封筒を胸に抱き、悔しげに顔を歪ませている磯山夫人を見つめながら、質問の意味を思案した。

「どうしたいか……」

仕返ししたいわけではない。ならば自分はどうしたいのだろう。すっきりしたはずなのに、胸の中に燻(くすぶ)っているモヤモヤはまだ晴れない。それはなぜなのか。

磯山夫人も騙されていた一人。だが亜衣は、衆人環視の中、暴力を振るわれ、いわれのない中傷を受けた。

彼女がきっかけとなり、亜衣は十年真面目に働いてきた会社を突然解雇された。母にはとても理由は言えなかったし、再就職先はなかなか見つからず失業保険と貯金を切り崩す生活をしていたのだ。

同情心はあっても許せない。尊仁のどうしたいかという問いは、亜衣自身の名誉を回復するように動くかどうか、という意味だと思う。

おそらく真相が明るみに出れば、亜衣は元の職場に復帰が可能だろう。けれど、亜衣が磯山部長と不倫関係にあったと思っている人は大勢いるだろうし、今さら戻れるはずもない。

「もう……なにも」

考えた末に、亜衣はそう言って首を左右に振った。

三人の目が驚いたようにこちらを向く。

「これ以上、巻き込まないでくれれば、それで」

「名誉毀損で彼女を訴えることもできる。汚名を着せられ会社を辞めた、亜衣は著しく名誉を傷つけられたんだ。それでも、もういいと言うのか？」

「横山さんにはいっさい非がない。会社を相手取って裁判にかける方法もあるんだよ。もちろん僕も力になるし。本当にいいの？」

「いいんです」

尊仁と三浦の言葉に亜衣は力強く頷いた。

磯山夫人の強張った肩から力が抜ける。あれだけ亜衣を訴えると息巻いていたのだ、今度は自分が訴えられると思ったのだろう。

訴えて金で解決するには時間がかかる。それまでずっと胸の痛みを引きずり続けるのは嫌だった。それに、会社を辞めさせられなかったら、あの日ポストに履歴書を入れに行かなかったら、きっと尊仁には会えなかった。そう考えると悪いことでもないようにも思えてくる。

この出来事があったから、今こうして尊仁と共にいられる。だから、もういいと思った。

「私を、信じてくれる人がいましたから」

「そうか」

尊仁は納得しかねるといった様子だったが、仕方ないなと首を縦に振った。

「ただ……謝るくらいは、してほしいです。あなたに」

亜衣は真っ直ぐに磯山夫人を見つめた。

モヤモヤとしたわだかまりが残っていたのはそのせいだ。亜衣はただ一言、謝ってほしかっただけ。磯山夫人は、夫の不倫相手が亜衣ではないとわかったにもかかわらず、一度だって頭を下げていない。

亜衣を責めていた態度から一変して被害者面だ。もちろん謝られたくらいでは許せないが、このままなにもなかったことにされるのはもっと嫌だった。

「自分がなにをしたのか……わかりますか？　あなたを哀れには思いますが、私は、あの日に働く場所を失いました。あなたに突き飛ばされて怪我もしました。会社を辞めた理由を母には話せなかった。その悔しさがわかりますか？　あなたは無関係の母も、彼のこともバカにしましたね。私は、それが一番許せない」

「亜衣の怪我、この女のせいか……」

尊仁が低い声で呟く。怒気に呑まれた磯山夫人がびくりと肩を震わせ、決まりが悪そうに俯いた。

「わ、悪かったわ……ごめんなさい。怪我については、もちろん治療費をお支払いします。お母様のことも……」

「いや、治療費は必要ない」

にべもない口調でそう言ったのは尊仁だ。隣を窺うとその表情はひどく硬く、先ほどまでの穏やかな話し方がすっかりと素に戻っている。

(え……怒ってる……？)

治療費が必要ないと思っていたのは亜衣も同じだから、それについては異議を唱えるつもりはないが。亜衣の困惑を余所に、尊仁が言葉を続けた。

「治療費なんかで片付けて堪るか！　たとえ本人が許しても、俺は許さない。亜衣の名誉を自分の手で回復しろ。そしてもう二度と彼女に関わるな！」

膝の上にある尊仁の手に力がこもる。

(そうだ……このことも、話してなかったんだ……)

尊仁には転んだと説明していた。そしてすっかり忘れていた。亜衣を病院へ連れていってくれたのは尊仁だ。歩くのにも苦労していたのを彼は見ている。

亜衣のために怒ってくれたのだろう。冷え冷えとした声の尊仁に臆した磯山夫人は、顔を真っ青にして頷いた。

「わかりました……申し訳、ありません」

「じゃあ、拓、あとは頼んでいいか？」

「あぁ」

三浦が磯山夫人の今後の相談に乗るつもりなのだろう。

「亜衣、部屋に戻ろう」

尊仁が亜衣の手を掴んだまま立ち上がった。

「あ、うん、待って。あの、三浦さん、いろいろとありがとうございました」

立ち上がり、三浦に頭を下げる。三浦は驚いたような顔をしていたが、すぐさま表情を取り繕い唇だけを動かし「またね」と言った。亜衣はもう一度会釈をする。

エレベーターに乗り込みドアが閉まると、尊仁が拗ねた顔で口を開いた。

「拓に、礼を言う必要はないのに」

その言い様に亜衣は笑ってしまう。なにも三浦にまで嫉妬しなくてもいいだろうに。

「本当は、一番に尊仁くんにありがとうって思ってる」

亜衣はこつんと額を尊仁の胸に押し当てて言った。すると彼はなぜか身悶えるように口元を押さえている。どうしたのだろう。

「尊仁くん……？」

「お前は……俺の忍耐力を試してるな？」

「え、え……っ？　どういうこと？」

「こういうこと」

手が取られて、彼の下肢に押し当てられる。

すでに隆起した屹立が手に触れて、亜衣は頬を真っ赤に染めた。

そのまま会話はなく、部屋に着いてすぐ尊仁がバスルームに湯を張りにいった。手を繋いでいる亜衣ももちろん一緒に。

「俺の状況わかってるよな。ほら、服脱いで」

「なんでっ!?」

ぎょっとして聞くと、なぜ驚いているのかわからないという顔で服に手をかけられる。

「亜衣と一緒に入りたい」

「仕事帰りなのに、一人でゆっくり入らなくていいの？」

「いいんだよ。脱がしてあげるから。はい、ばんざーい」

シャツを下から引っ張り上げられて、かけ声と共に思わず手を上げてしまった。脱いだ服はそのまま洗濯機に入れられ、次はスカートに手がかかる。

「ま、待って！　自分で脱ぐからっ!?」

身体は何度も重ねたけれど、明るい場所で素肌を晒すのはまた違った恥ずかしさがある。亜衣が慌てて尊仁の手を止めると、彼は不服そうな顔をしながら自分の服を脱ぎ始めた。

「早く脱がないと、脱がせるよ」

亜衣が脱ぐよりも早く裸になった尊仁が、つんとスカートを引っ張った。

「わかったから……見ちゃだめ」

「亜衣の身体なら隅から隅まで知ってるのに。お前が見たことないところも」

「そ、それはわかってるけど……っ」

じりじりと彼が近づいてきて、バスルームの扉の前に追い詰められる。伸びてきた腕で逃げ場を塞がれて、雨の匂いに混じった尊仁の爽やかな石けんの匂いが鼻をくすぐった。

「ここでは我慢するつもりだったんだけど。どうしてそういう可愛い顔するかな」

尊仁の唇がちゅっと音を立てて頬に触れた。決していやらしい触れ方ではないのに、触れられたところからじんと熱が広がって、自分から彼に手を伸ばしてしまう。

「ん……」

頬や目の下、そして額に唇が動かされる。なぜか彼は口にはしてくれない。物欲しそうな顔をしてしまったのか、目が合った尊仁がくすりと声を立てて笑う。

「どうして、笑うの？」

「だって可愛いから。お前今、どういう顔してるか気づいてる？」

「どういうって」

「俺がほしくて堪んないって顔してる」

彼は最後に唇に触れるだけのキスをすると、すぐに身体を離した。顔も身体も熱くて堪らない。

バスルームのドアを開けて手が引かれる。シャワーでざっと身体を洗い流して二人で湯に浸かると、半分ほどの深さになった。

「亜衣、こっち」

ひょいと脇を持ち上げられて、尊仁の足の間にすっぽりと挟まれた。この状況で目が合わないのはありがたいが、自分の背中と彼の胸板がくっつく体勢は、これはこれで恥ずかしい。それに、彼の昂ったものがずっと臀部に当たっている。

コートを着て出なかったからだろう。自分で思っていたよりも全身が冷えていたのか、湯の温度を低く設定していたにもかかわらず、痺れるような熱さが生まれてくる。

「熱い？」

「熱い、けど……今だけだと思う。大丈夫」

「けっこう冷えてたな」

二人同時にほっと息を吐く。

湯を弾く音が浴室内に響いて、尊仁が深く息を吐きだしながら口を開く。

「亜衣が会社を辞めた理由、とっくに知ってたのに、言わなかった。亜衣が言いたくないのもわかってたから、こっちからも聞かなかった。黙っていて、ごめんな」

磯山夫人が亜衣を責め立てた時、尊仁はなぜか後ろめたそうな表情をしていた。亜衣を信じていなかったわけではなく、あれは勝手に調査を依頼したことに対して心苦しく思っていただけだったのか。

「いつ、知ったの？」

「亜衣が妊娠してるって知った時だな」

「そんなに、前……」

尊仁と一緒に暮らす前だ。

（あの朝、私がいなくなって……疑う気持ちはあったはずなのに……）

亜衣の居場所を知るために尊仁は三浦に調査を頼んだのだろう。そして亜衣の妊娠と、ロケートを退職した経緯を知った。それでも亜衣に「誰の子か」などと一度も聞かなかった。ずっと信じてくれていたのだ。

「ありがとう……信じてくれて」

「当たり前だろ。好きな女を信じない男がいるかよ」

「私が……ごめん、だね。もっと早く話していればよかった」

磯山夫人の行動は予想外ではあったが、以前のアパートを調べられていた時点で尊仁に話すべきだった。

「亜衣が悪いわけじゃない。謝罪の一言で済ませる亜衣を、やっぱり俺は尊敬したよ」

「私だってまだ許せないよ。ただ、尊仁くんに会えたから、もういいかなって思っただけで」

彼女の存在がなかったら尊仁に会えなかったかもしれない。そう思ったら、なにもかもがどうでもよくなった。

「俺は……亜衣が、どれだけ悩んで泣いたかって思ったら、許せなかった」

尊仁はそう言って、亜衣のうなじに顔を埋めた。吐く息が首にかかり、くすぐったさに身を捩る。彼が案じてくれると知り、嬉しくて目尻が下がる。

「再会した夜、私のこと……軽い女だって、思わなかった？」

筋肉質の肩にもたれかかり見上げると、尊仁がなぜそんなことを聞くのかと言いたげに否定した。

「軽い女？　お前と会えた喜びに浮かれてて、どうやったらもっと一緒にいられるかって考えるのに必死だったよ。引き留める理由をどうにかして探してた。帰るって言われるのが嫌で」

あぁ、同じだったのだ。このまま帰りたくない、別れたくないと思っていたのは。

病院前でタクシーを待っていたあの時、自分たちはたしかに気持ちが通じあっていたのだろう。

「私も、あのまま別れたくなかった。だから……」

尊仁の頬に手を伸ばして触れる。

あなたに触れられたかった——そう伝わるように。

思えば、初めからこの人に惹かれていた。再会したのがたまたま初恋の人だったというだけで、あの日に初めて会ったとしても、きっと亜衣は彼を好きになっただろう。

「尊仁くんが、好き……っ」

亜衣の言葉に被せるように、唇ごと食べられてしまいそうな深いキスが贈られる。

「ふ……っ、あ、んん」

一度は治まっていたはずの熱が湧き上がってくる。角度を変えながらも、離れた瞬間にどちらからともなくまた唇を寄せる。

「……っ、はぁ」

下唇を甘く噛まれ、亜衣は身体を捻(ひね)る。彼の首に腕を回して身体を寄せた。乳首が彼の逞(たくま)しい胸板に擦られて全身が震える。

「ん、あっ」

「そんな風に誘うなよ。欲望のままに、お前を襲いそうだ」

ちゃぷんっと湯が跳ねて、艶(なま)めかしい吐息と共にバスルームに響く。

「ん……んんっ」

肩甲骨から腰に沿って手のひらで撫でられる。括(くび)れを確かめるようにゆっくりと手を動かされ、愛おしそうに目を細めた尊仁が下腹部に手を這わせた。

「パパとママはこれから仲良くするから、いい子で寝てろよ」

まだ生まれてもない子にそんなことを説明してどうするのだろう。

「仲良くって……っ」

「しない？」

「したい……けど。赤ちゃんの耳ってもう聞こえてるの？」

羞恥心をごまかしつつそう聞くと、尊仁は「聞こえないけど」と言って笑った。なんだ聞こえないのか、と残念なようなほっとしたような気分になる。

ふたたび唇が重ねられる。

亜衣は快感に濡れた目をそっと閉じて、陶酔の波に身を任せた。


それから四ヶ月。先月に結婚式を終えて、周囲に嘘をついていた尊仁は同僚から散々責められてはいたが、皆、祝福してくれているようだった。

そして亜衣はようやく臨月に入った。腹部の重さに少し歩くだけで息が切れる。外に出ると烈日に耐えねばならず、ここ最近は引きこもってばかりだ。

「そういえば、磯山さん、離婚が成立したらしいな」

尊仁が爪切りを片手に、ソファーに座る亜衣の片足を膝の上に載せた状態で、ふと思い出したように口を開いた。臨月に入り、身体を曲げるのも動くのも億劫で、足の爪を切ろうと四苦八苦していたら、尊仁が変わってくれたのだ。几帳面な彼らしく、一本ずつ丁寧に爪を磨かれる。

「あぁ、そうなんだ。よかった……って言っていいのかな？」

「新しい夫捜しに邁進してるようだから、良かったんじゃないか？　夫と会長の娘の不倫を会社内で暴露（ばくろ）したらしいからな、彼女もいろいろすっきりしたんだろ。亜衣の名誉も回復したしな。まさかロビーで叫（さけ）ぶとは思わなかったけど。磯山部長は支社に異動になってたから、止めようもなかったみたいだぞ」

それには亜衣もびっくりだ。そして追い込まれた磯山部長は、結局自主退職したらしい。義父もさすがに庇（かば）いきれなかったのだろう。

家からも会社からも見放され、今はどうしているのか行方知れずだという。どうやら不倫相手の石野香子も離婚調停中であると知り、なんとも後味の悪さが残った。

磯山部長には散々迷惑をかけられたし、二度と会いたくはないが、ざまぁみろとは思えない。磯山部長も石野も、パートナーをもう少しでも大切にできていたらなにかが違っていたのではと考えずにはいられなかった。そんな風に思うのは、亜衣が恵まれているからだとわかっているが。

（お母さんみたいに……どうにもならないことだって、あるもの……）

尊仁とずっと一緒にいたい。だから彼を思いやりたいし、ケンカをしても話し合って解決していきたい。彼に愛されていたいし、愛していたいから。

何十年かして、身を焦（こ）がすようなこの恋心が凪（な）いでしまったとしても、相手を思いやる気持ちだけは忘れたくなかった。

「終わったよ。手も出して」

ソファーの下で膝を突いていた尊仁が立ち上がって、隣に座った。

「手の爪は自分で切るよ？」

「やりたい。だめ？」

「ううん、いいけど。爪切りもしたかったの？」

尊仁は素直に頷いた。なんだか可愛くて笑ってしまう。彼のこれにはもう慣れた。大きな声では言えない行為も中にはあった。そのせいか、今では爪切り程度ならといいかと思えてしまうから、慣れとは恐ろしい。

尊仁は後ろ側に移動して、亜衣を抱えるように手のひらを包み込む。大きく膨らんだ腹部が苦しくて、背中に体重をかけてしまう。

「ごめんね、重くない？」

「まったく。もっと力抜いていいよ」

尊仁は手の爪を一本ずつ切りながら「そろそろか」と口に出した。なにが、と言われなくとも、亜衣も同じことを考えていたから「そうだね」と返す。

「俺が家にいる時に陣痛が来てくれればな……」

「そればっかりはね。ちゃんと準備したから、大丈夫だよ」

「あぁ。そうだな」

爪を切り終わると、彼の腕が前に回されて柔らかく抱きしめられる。

膨らんだお腹を愛おしそうに何度も撫でられて、うなじにキスを落とされた。

「仕事中とか気を使わなくていいから連絡して。出られなくても、必ず折り返すから」

その言葉はすでに十回以上は聞いたが、亜衣はなにも言わずに頷いた。

「わかって……る……っ？　ん？」

下腹部にずんと突き抜けるような痛みが走り、亜衣は眉根を寄せた。

「どうした？」

「すっごく、痛い……っ！」

亜衣は思わず息を吐きだし、腹部を丸めるようにずりずりとソファーに横になった。とてもではないが座ってはいられない。

「あぁ、陣痛来た？」

尊仁は亜衣の腰を撫でながら、腕時計を見る。

それから三時間後、陣痛の間隔が十分になった頃、尊仁の車で病院へと向かった。

さすが医師、と言っていいのかはわからないが、いざ陣痛が来てからの尊仁は今までの心配そうな顔はなんだったのかと思うほど冷静で、少し恨めしかった。

生まれた男の子は『直仁（なおひと）』と名付け、尊仁が出生届を提出した。

尊仁はいつも仕事帰りに病院へとやってくる。だが面会時間ぎりぎりのため、三十分ほどしかいられず、すぐに帰らなければならない。

入院はそう長くないし、無理をしなくていいと言っているのだが、彼は毎日足を運んでくれるのだ。

授乳から戻ってきて部屋で目を瞑る。すでに深夜二時を過ぎだ。けれど、今日に限って眠気はなかなかやってこない。

まぁいいか、と亜衣は天井をぼんやりと見つめながら、ふと思い返した。

事実無根の不倫疑惑で仕事をクビになった時には、今のような幸せなど考えられなかった。

あの日に尊仁と再会していなかったら、自分はいったいどうなっていたのかと、今でもたまに考える。

『あの日に出会ってなくても、絶対に俺は亜衣を見つけてた』

尊仁ならそんな風に言いそうだ。

ふっと笑みが漏れて、亜衣は布団をぎゅうっと抱きしめた。

(数時間前に会ったばかりなのに……もう寂しくなっちゃった)

無性に、会いたくて、キスをしてほしくて。

毎日三十分じゃ足りない。もしかしたら、彼も同じ気持ちでいてくれたから、毎日顔を見せてくれるのかもしれない。

布団を抱きしめて、顔を埋める。

早く家に帰りたい。そうしたら、尊仁と一緒に眠れるのだ。

「尊仁くんに、会いたいなぁ」

誰も聞いてはいないが、口にすると恥ずかしくなってくる。

うぅ、と唸(うな)り、火照(ほて)る身体を持て余しながら、亜衣はようやくやってきた眠気に身を任せた。

エピローグ

直仁(なおひと)の寝かしつけを終えた亜衣(あい)が、そうっと寝室のドアを閉めてリビングに戻ってきた。いつもは寝かしつけをした流れで直仁と寝てしまうが、今日は起きていられたようだ。

尊仁(たかひと)は夕飯の食器を片付け終えて「お疲れ様」と声をかける。

直仁は六ヶ月になり、動きも活発になってきた。直仁を寝かしつけた夜八時からがようやく夫婦の時間だが、亜衣を少しでも休ませてやりたい思いと、夫婦の時間を持ちたい思いがあり、尊仁としては複雑だ。

(明日も明後日も休みだしな……今日は寝るか)

正月休みを取れなかった分、二月に入り連休を取った。

今日が初日で、あと二日は休みだ。

「あ、お皿片付けてくれたの？　ありがと」

ふわりと微笑(ほほえ)む亜衣は、顔つきが以前よりも穏やかだ。出会ったばかりの頃は、おもに尊仁のせいで余裕のない表情ばかりだったものだが、今は不安そうな顔を見ることはなくなった。

自分との生活を幸せに感じてくれているからだと思うと嬉しくて、いくら甘やかしても甘やかし足りないくらいだ。十年以上に渡って募った恋心はその辺の山よりずっと高い。

まだ夜八時だというのに、自分も亜衣もすっかり寝る準備が整いパジャマ姿だ。

仕事の時とは比べものにならない規則正しい生活をしているが、なにをするにも早め早めになってしまうのは致し方ないだろう。なにせ七時過ぎには眠くなる乳幼児に合わせた生活をしているのだから。

「亜衣、おいで」

尊仁はソファーをぽんぽんと叩いて、亜衣の手を取る。少し眠たげな様子なのは、直仁と一緒に横になっていたからだろう。

「うん」

「そうだ。昨日、父に会った」

堂々と会いにはいけないが、話す機会ができた。親子としてではなくあくまで上司と部下のようではあるものの、それまでの関係を考えると大きな進歩だ。

「直仁のこと……言えた?」

亜衣の問いに頷く。親子としての対面が無理ならば、大学の医学会などで話せるのではないかと勧めてくれたのは亜衣だ。そこなら父の妻の目もないだろう、と。

同窓で同じ内科医でもある。医療従事者としてはかなり先を行く先輩だが、直仁の写真を見せた時の泣き笑いの表情は生涯忘れられそうにない。自分が生まれた時も、父は同じように喜んでくれたとわかったからだ。

「あぁ、けっこう話せた、と思う」

「きっと、お母さんも喜んでるね」

そうだといい。尊仁は同意するように笑みを返す。

隣に座ってとろんとした目を宙に向ける亜衣の腰を引き寄せると、安心しきった顔で尊仁の肩にもたれかかってくる。

「眠い？　直仁と一緒に寝てもよかったんだぞ？」

「だって、もったいない。せっかく、尊仁くん……休みなのに」

「明日も休みだろ」

亜衣はなにやらもにょもにょと話ながら、尊仁に甘えるように肩口に顔を擦りつけてきた。彼女がこうして自分から尊仁に擦り寄ってくるのは珍しい。

「疲れてるんじゃないのか？」

「疲れてる、けど」

「したい？」

あえてそう問いかける。潤んだ目をする亜衣がその気になっていることはわかっていて、余裕などまったくないのに聞いてしまうのは、亜衣から誘ってほしかったからだ。

「私が……したいって思ったら、おかしい？」

「おかしいわけないだろ。けど……」

こくりと喉が鳴り、腰に触れる手が汗ばむ。近くから香る亜衣の体臭だけで下肢が熱く昂ってくる。

なにせ出産後、睡眠不足でふらふらの亜衣を抱くのは可哀想でできなかったし、なんとか仕事の調整をつけて早く帰りたくともなかなか適わなかった。帰宅すると、倒れ込むようにベッドに横になる亜衣を見る毎日だったのだ。

「かなりがっつきそう。いい？」

「いいけど、しばらくしてないから……痛く、しないでね」

耳元で聞こえる亜衣の声は色香を含み濡れている。本物は、己の妄想していた亜衣の何百倍も可愛く、尊仁を翻弄する。

自分の欲求のままに抱いたのは、最初の夜だけだ。結婚後も、怖がらせないように、妊娠中の身体に響かないようにと気遣っていた。

「痛くなんて、するわけないだろ」

腰に回した手でそろりと括れを上へなぞり、後ろから柔らかな乳房を掴む。ゆっくりと上下に揺らしつつ、パジャマの上から乳嘴を爪弾くと、尊仁にもたれかかった亜衣の腰が震えた。

「……っ！」

うっすらと亜衣の目が開いて、眼鏡の奥の潤んだ眼差しで見つめられる。

尊仁はもう一度軽く乳嘴を擦る。すると今度は確実に熱っぽい吐息が漏れて、亜衣の手が胸元にある尊仁の手に重ねられた。

「あっ、尊仁、く……っ」

「仲良し、しよう?」

耳元で囁くと、頬を赤らめた亜衣がうっとりと目を蕩けさせて、こちらを見つめる。小さく首が縦に振られて、尊仁の喉が鳴った。亜衣の眼鏡を外して、テーブルへと置く。

パジャマのズボンを下着と一緒に一気に脱がして、亜衣の身体をひょいと自分の膝の上に載せる。向かい合わせになりパジャマのボタンを外しても、亜衣はされるがままだ。

「あぁ、綺麗だな」

目立ちはしないが、亜衣の輪郭はほっそりとしていて、目鼻立ちは整っている。服を着ている時はセクシャルな色合いを感じないのに、服の内側にある裸体はかなり肉感的だ。

形のいい丸い乳房も、誘うように真っ赤に腫れた乳首も。男を欲情させる吸いつくような滑らかな肌に、細い腰も。よくぞ自分と結婚するまで誰にも奪われなかったものだと感心する。眼鏡と地味な格好に隠されていただけで、磨き上げられる前の原石のような輝きを持っているのに。

「そんなに……見ないで」

「どうして?　久しぶりだから、たくさん見せて」

パジャマをはだけると、キャミソール越しに乳首が勃ち上がり、つんと浮きでている。ふるりと揺れる乳房は熟成した果実のようだ。下半身に熱が集まるのを感じながら、尊仁は布越しに尖った乳首を撫で上げた。

「あっ、ん」

「あぁ……いい声」

亜衣の口から艶めかしい声が漏れると、ますます全身が昂ってくる。堪らずに乳房を掴み揺さぶりながら、ぐっと腰を持ち上げ滾った陰茎で秘裂を擦る。

「はぁ……待って、だめ……パジャマ、汚しちゃう」

「そんなにもう濡れてるのか？」

あえていやらしい言葉を選び尋ねると、亜衣の頬が見る見るうちに真っ赤に染まる。結婚して一年以上が経つが、妊娠中だったため身体を重ねた回数はそう多くない。恥ずかしがるその表情が初々しくて可愛くて、飽きるどころではなかった。

結婚しているふりをするくらい、女性には辟易としていた。どんな相手に声をかけられても、興味を抱けなかった。誰と話していても、なにかが違うと感じていた。

会えるかどうかもわからない相手に恋心を抱き続けるなんて、正直どうかと自分でもドン引きだ。たとえ再会できたとしても、彼女が自分を好きになるかどうかもわからないのに。

何度ももうやめようと考えた。けれど、恋う気持ちはなくなってはくれなかった。

そして亜衣に再会した夜、互いの気持ちがぴたりと重なり合って一つになった気がした。誰を前にしてもだめだったのは当然だ。自分はこの日をずっと待ち望んでいたのだから。すべてが、亜衣と再会しもう一度恋をするための布石だったように思えた。

「だって……尊仁くんが、触るから」

「俺に触られるの、好き？」

「うん、好き。いっぱい、触って」

亜衣はくたりと身体を預けてくる。甘えてくる様子があまりに可愛くて、顔中にキスの雨を降らせると、亜衣はくすぐったそうに身を捩(よじ)った。

「全部、食べたい」

自分のパジャマのズボンを下着ごとずり下げて、隆起した屹立(きつりつ)を秘裂に押し当てる。先端がぬるりと滑るのを感じて、口元が緩んだ。

「んっ」

挿(い)れられると思ったのか、亜衣の身体が強張(こわば)る。尊仁は宥(なだ)めるようにして、亜衣の背中を軽く叩く。

「大丈夫だから、力抜いて」

「ん……あっ、はぁ……っ、擦ったら……入っちゃう」

力の抜けた亜衣の胸元に顔を寄せて、口の中で尖った乳嘴を転がす。反対側の乳首を指先で捏(こ)

ねてやると、ひくつく蜜口から愛液がとろりと溢れて陰茎がさらにぬるぬると谷間を滑る。尊仁は、軽く腰を揺らすだけでくちゃっと淫らな音が立つのを、乳首を舐め回しながら聞いていた。

「あっ、舐めちゃ……はっ、ん」

じっとしていられないのか、亜衣の腰は艶めかしくくねり、尊仁が腰を動かさなくとも屹立が濡れた秘裂で擦られる。ずんと腰を重くするその感覚があまりに心地良くて、貪るように乳頭を口に含んだ。

「あぁっ、あ、んんっ……だめ、声……我慢できなっ」

寝室で眠っている直仁を起こしたらまずいと思っているのだろう。亜衣が手の甲で自らの口を塞ぐ。だが尊仁はそんな亜衣を追い詰めるべくじゅっと強く乳嘴を吸い上げて、反対側の乳首を指で捏ねた。

「ひ……あっ、強く吸っちゃ、やぁ……だめ、だってばぁ……っ」

か細く喘ぐ声が可愛くて堪らない。我慢しても反応してしまう身体は淫らで、舌先でくにくにと乳首を押しつぶすように動かすと、全身が赤く染まり目が潤んでくる。

蕩けた目と半開きの唇が魅惑的で、肌が総毛立つほどの色香にこちらがやられそうだ。喉を鳴らして口の中に堪った唾液を呑み込んだ。亜衣の仕草一つに、どれだけ尊仁が魅了されているか、本人は気づいてもいないだろう。

まるで尊仁を誘うように揺れる下肢からは、くち、くちっと淫音が響く。張り詰めた陰茎の先端からはすでに先走りが溢れていた。

「もう中にほしくて堪らないんだろ……エロいな」

「だって……っ」

艶めかしい亜衣の痴態を眺めていると、つい呟きが漏れる。

追い詰めているようで、追い詰められているのは自分の方だ。早く、亜衣の中に吐きだしたくて堪らなくなる。

「声、我慢するなよ……聞きたい」

「でも……っ、起きちゃう、から」

「今日、外に連れていっただろ。そういう時は、朝までぐっすりだ」

だから安心して喘げばいい、と口の中で硬くなった乳首をしゃぶり尽くす。ちゅっと強く吸いつきながら、濡れそぼった蜜口に屹立を押し当てると、ひくついた入り口が亀頭を呑み込もうと蠢く。

「これだけ濡れてたら、このまま挿れても痛くなさそうだな」

赤く実った乳嘴を舐り、腰を揺する。張り詰めた先端で入り口を突くと、くちゅ、くちゅっと愛液が泡立つ音がする。

「ん、あ、あっ、入っちゃう」

「もう挿れたい。激しくはしないから。だめ？」

亜衣の蜜口は物欲しそうにひくついている。答えはわかっていても、欲しいと言わせたくて聞いてしまう。焦らすように亀頭を押し当て、先端だけを呑み込ませすぐさま腰を離す。ぬめる愛液が蜜口からつぅっと糸を引く淫靡さに、尊仁は荒々しく息を吐きだした。

「挿れて、も……して……中、欲しい」

「あぁ、痛かったら、言って」

余裕を取り繕ってはいるが、息が荒くなるのを抑えられない。

途切れがちになる話し声は自分でも驚くほど掠れていて、天を向いた陰茎は血管が浮きでては ち切れんばかりに膨らんでいる。

「く……っ」

亜衣の腰を掴み、蜜口に押し当てていた陰茎をずぶずぶと沈めていく。ねっとりとした蜜襞が剛直に絡みつき、耐えきれずに声が漏れた。自分の身体の一部が温かい膣に呑み込まれる充足感に包まれて、全身が総毛立つ。

「ひぁ、あっ、深い……とこ、入っちゃ」

とんと軽く奥を穿つと、柔襞がうねり、きゅうっと屹立を締めつけてくる。もう達したくて堪らないのだろう。びくびくと腰を震わせた亜衣は、背中を弓なりにしならせて尊仁の肩を強く掴んできた。

「辛いなら、一回達くか？」

亜衣がこくこくと頷く。ぎゅうっと抱きついてくる亜衣の腰を支えながら、尊仁は下から最奥を叩きつけるように抜き差しを始める。

薄い恥毛がざりっと触れ合うほどに肌を密着させて深い部分を突き上げると、愛液がぐちゃりと飛沫を上げて、うねる隘路が陰茎をより奥へ引き込もうと蠢いた。

「あぁっ、あ、は、あ……もっ、無理……」

腰を持ち上げて亀頭ぎりぎりまで引き抜き、最奥を抉るように弱い部分を穿つ。すると、首に顔を埋めた亜衣が、短く息を吐きながら腰を震わせた。

亜衣の柔らかい乳房が胸を伝う汗で滑る。胸板を揺らし、尖る乳嘴をわざと擦ってやると、肉棒を包む襞が収縮し亜衣の口から甘やかなよがり声が漏れる。

「ん、あぁ、やぁあぁぁっ」

亜衣は腰を淫らにくねらせ、背中を仰け反らせる。腰の動きに合わせて揺れる乳房を片手で掴み、硬く凝った乳首を捏ね回す。

「達かせてやるから、こうやって、自分で乳首を弄ってみて」

達したくて我慢できないのか、亜衣は従順に自分の手を胸元へと伸ばした。そして片方の手を自分の口に持ってくると、唾液を垂らすようにして指先を濡らした。

「はっ、あ、あっ、ここ……好きっ……あぁっ、も……達かせて」

亜衣は甲高く喘ぎながら、夢中になって乳嘴を弄る。

濡れた指先で硬くなった乳首をぬるぬると転がす様に魅入られる。

普段は微塵も感じさせない、この妖艶なギャップが堪らない。恥ずかしそうに頬を染めながらも、快感に慣れたその手つきはひどく淫猥だ。唾液にまみれた乳首はてらてらと濡れ光り、誘うようにふるふると揺れている。

「反対側は、俺が口でしてやる」

尊仁は細い腰を掴み、上下に揺さぶる。じゅぶ、じゅぶっと愛液が弾ける音が立ち、興奮が止まらない。思うままに乳房にしゃぶりつき、甘い彼女の身体を味わう。

「ひぁあっ」

亜衣が身体を震わせながら、悲鳴のような声を漏らした。蜜襞が震え、達きそうになっているのがわかる。ちゅうっと強く乳首を吸ってやると、濡れ襞がきゅんと己を締めつけ、尊仁の陰茎をより奥へと誘う。

「可愛いな……亜衣、もう達くだろ？」

陰茎を包む蜜襞が痙攣するように蠢いている。抜き差しのスピードを速めて、下から腰を叩きつける。すると、結合部からは大量の愛液が噴きだし、尊仁の太ももを濡らした。次の瞬間、亜衣が息を詰めて、全身をぶるりと震わせる。

「――――っ！」

ぎゅうっと媚肉が蠢き、脳天を突き抜けるほどの快感が繋がった部分から広がる。尊仁は射精感をぐっと堪えながら、亜衣の臀部を掴んだ。ぐっしょりと濡れた膣部から垂れた愛液が双丘を濡らしている。臀部をそろりと撫で、後ろから蕩けきった結合部に指を這わせる。

「あ、だめ……今、そこ、触っちゃ……や、んっ」

己の屹立の形通りにいやらしく開く蜜口の周りをぐるりと撫でる。達した余韻を引きずっているのか、亜衣のそこはいまだひくひくと痙攣していた。軽く腰を揺すると、止めどなく愛液が流れ落ち、ちゅぽ、ちゅぽっと卑猥な音が響く。

「あぁ……亜衣、気持ちいい」

一度は我慢していたのに締めつけの心地良さに身体が痺れ、本能のままに突き上げたい衝動を抑えられない。

「あぁっ、あぁぁぁっ、や、今は、やらぁっ！」

「ごめん、止められない」

亜衣の口から悲鳴のような声が漏れる。がくがくと腰を震わせるのも構わずに、尊仁は激しい抽送を始める。臀部を掴み上下に揺らしながら腰を穿つと、全身が焼けつくような快感が押し寄せてくる。

「はぁ、はっ……いいよ、すごく」

粘ついた愛液に包まれて、己の肉塊がぬるぬると媚肉に擦られる。亜衣は恍惚とした表情で宙を見ながら、口を開きっぱなしにして喘ぐ。その小さな唇を食むと、朦朧とする意識が戻ったのか彼女の瞳に尊仁が映った。

「尊仁、くんっ……気持ちいい、あぁっ」

絶頂の余韻から抜けでたのか、亜衣がふたたび快感を受け入れる。逃げるように首が仰け反るのを引き留めてキスをすると、亜衣の方から激しく舌を絡めてきた。

「ん、ふぁ……っ、はぁ、んんっ」

亜衣は、尊仁の舌をくちゅ、くちゅっと美味しそうにしゃぶり、蕩けきった目でこちらを見る。瞬き一つする時間すらもったいない。淫らな亜衣をこの目に焼きつけておきたくなる。

尊仁の手で女になった亜衣は美しく、こんな時、自分にとってただ一人の相手だと強烈に実感する。

四肢に力が入らない亜衣は、くったりと身を預けて、尊仁の髪に手を差し込んでくる。尊仁は亜衣の弱い部分をぐりぐりと擦り上げながら、さらに律動を速めていった。

「は、はぁっ、ん、む……っ、ん」

唇と唇に銀糸が伝い、下肢からは引っ切りなしに淫音が立つ。達したくて堪らない。もう限界だと、臀部を鷲掴みごりごりと刮げるようにして濡れそぼった隘路を味わう。

下腹部に熱が集まり、止めようのない射精感がこみ上げてくる。がつがつと叩きつけるように子宮口近くまで亀頭を押し込んだ。

「あぁぁ——っ！」

あまりに激しい抽送に亜衣が口を離して、天を仰いだ。絶頂に達した亜衣の蜜襞はきゅうきゅうと剛直を締めつける。

額からは汗が飛び散り、臀部を掴む手が滑る。構わずに最奥を穿つと、媚肉が蠢き吸いつくような動きをする。腰がずんと重くなり、射精感が一段と強くなった。

「もう……達く……っ」

尊仁は胴震いし、最奥で白濁を迸らせた。びゅっびゅっと先端から弾ける精は、久しぶりに彼女を味わったことで自分でも驚くほど大量だった。最後の一滴まで吐きだし、尊仁は全身に気怠さを感じながらも亜衣の身体を抱きしめる。

「ん……尊仁、くっ」

亜衣は腕の中でびくびくと身を震わせた。いまだ絶頂の余韻にいるのだろう。収縮する媚肉をふたたび擦り上げたい思いに駆られながらも、尊仁は軽く口づけ腰を離す。

「抜くよ」

蕩けた陰唇からまだ硬いままの屹立を引き抜くと、結合部から白濁がとろりと流れだす。

ソファーにぐったりとする亜衣を寝かせて、吐精を拭おうとティッシュに手を伸ばす。だが、とろとろと白濁を溢れさせる膣から目が離せずに、尊仁は乾いた唇を舐めた。

「俺の、こぼれちゃってるな」

尊仁が呼びかけると、恍惚とした表情でソファーに横になる亜衣が、視線だけをこちらに向けて瞬きをした。胸が上下に激しく動いているから、まだ呼吸もままならないのだろう。

蜜をこぼすそこを眺めながら、尊仁はソファーの下に膝を突く。亜衣の足を左右に押し開き、芳しい香りを放つそこに顔を寄せていった。

「やっ、待って……ま、あっ、あぁぁ、やぁっ！」

ぴんと勃つ花芽を啜りながら、指先をひくつくそこに埋めていく。指で中をぐるりとかき混ぜるとぐちゅんと卑猥な音を響かせ、射液と愛液が混ざり合ったものがたらたらと滴り落ちソファーを濡らしていく。

「あぁぁっ、あ、んんっ……や、舐めるの、だめぇっ」

尊仁は唾液を絡ませた舌で花芽を突き、上下に扱くように舐めていく。くるりと円を描くように舌を這わせ、さらに尖らせた舌先で弾くように転がすと、亜衣の腰がびくびくと震えた。

先ほどまで尊仁を受け入れていた秘裂はぱっくりと入り口を開けて、新たな快感を求めるように蠢いている。尊仁が舌を動かすと、どちらのものかわからない蜜がさらに溢れてくる。

「入り口ひくつかせるから、どんどん溢れてきて、舐めても追いつかない」

「だって……そんなことっ、する、から……っ、はっ、ん」

二本の指で痙攣する媚肉を擦り上げる。中が新たな愛液でじわっと濡れて、指を心地良い強さで締めつけてくる。勃ち上がる肉棒は先ほどと同じように硬さを取り戻していた。

「一回で……収まるわけ、ないよな」

独り言のように呟く。

狂おしいほどの熱が下腹部に集まり、張り詰めた陰茎は腹につくほど反り返っている。己の手で擦り上げたい衝動をなんとかいなし、親指で敏感な淫芽の包皮を捲り上げる。

「ひぁぁっ、や、んんっ」

そこを舌先で舐めてやると、亜衣は切羽詰まった嬌声を漏らしながら、ソファーの上で背中をしならせ全身をびくんびくんと震わせる。腰が浮き上がり、誘うように尊仁の口に淫らなそこを押しつけてくる。

「また欲しくなったのか？」

意識が朦朧としているのか、亜衣はいやいやと頭を振りながら、涙に濡れた目を宙に向けた。

「んんっ……欲しい、の……中、いっぱい、して」

尊仁は羽織っているパジャマを脱ぎ捨てて、亜衣に覆い被さった。雄々しく勃ち上がった肉棒をひくつく秘裂にぴたりと押し当て、先端をぬるぬると擦り上げる。

「はぁっ、それ……はっ、やぁ、中が、いいの……っ、ひぁぁっ！」

包皮の捲れた淫芽を笠の開いた先端でくりくりと撫でると、その刺激だけで達してしまったのか、亜衣は膝をびくりと震わせて悲鳴のような声を上げた。

「可愛いな、また達った。ここ、もうどろどろだ。ほら、今挿れたら、もっと気持ち良くなる」

「あ、あっ、だめ、だめぇっ！」

亜衣は取り乱したように髪を振り乱す。構わずに腰を進めると、焦点の合っていない目からは涙がこぼれ、逼迫した声が上がった。

今度は媚肉ごと引きずりだすように腰を引き、上から叩きつけながら一気に最奥を貫く。

「ひ……っ、あ――！」

ずちゅっとはしたない愛蜜が弾け、亜衣が達したのがわかる。深い絶頂に落ちているのか、半開きの口から唾液がたらりと滴る。唇を寄せてそれを舐めとり、また最奥を激しく穿つ。尊仁は容赦のない律動で自らを追い詰めていく。

「中に、たくさん注いでやる……っ」

「ひぁあ、あぁぁっ……も、達ってるの、やら、あ、そこ……っ、気持ちい」

快感に溺れて、本能のままに喘いでいるのか、亜衣はいや、と、いいを繰り返す。自分でもなにを口走っているのかわかっていないのだろう。ただ快感を求めて髪を振り乱し喘ぐ姿に、尊仁の理性も崩壊する。

張り詰めた屹立でぐちゅぐちゅと蜜襞をかき回し、腰を振り立てる。肌と肌がぶつかり、室内に淫靡な匂いが充満していく。

彼女のすべてを貪りたい。その獣のような本能に従うしかなかった。亜衣が欲しくて、もっと深く繋がりたくて堪らなかった。

「亜衣……好きだ。俺の、全部、ここで受け止めて」

荒い息の合間に告げる。亜衣が震える手を伸ばし、尊仁に縋(すが)りつくようにして腕を回してくる。その細い身体を抱きしめて、口づけた。

「ん、ふ、ぅ……ん……っ」

抽送は止められず、亜衣の感じやすい部分を狙って、先端を押し当てる。きゅうっと媚肉がひくつき屹立を締めつけられると、尊仁は耐えきれず本能のままに精を吐きだした。最奥で飛沫を弾かせて、それをさらに子宮口へと注ぐようにして突き上げる。

「くぅ……っ、あ、はぁ」

達したばかりの敏感な身体に強烈な刺激が走り、思わず呻(うめ)くような声が漏れる。

腰から湧き上がってきた狂おしいほどの快感に押し流され、気づくと汗を弾かせながらふたたび叩きつけるようなスピードで律動を繰り返す。

「好き、尊仁くん、あ、ん、いいっ、あぁっ……そこ、もっと……っ」

「もっと、中にあげるから……っ、こぼすなよ」

密着した下肢は互いの体液でどろどろだ。心臓の音が頭の中に鳴り響くほど激しい抜き差しに、我ながら獣のようだと尊仁の口から自嘲(じちょう)が漏れる。構わずに亜衣の身体を揺さぶり、がむしゃらに腰を叩きつけた。

「はぁ……く、ぅ……っ」

ふたたび強烈な射精感がこみ上げてくる。

「あ――っ」

亜衣の身体を抱きしめて、ひときわ弱い部分をぐりっと擦り上げると、腕の中で細い身体が痙攣した。びくんびくんと腰を震わせて亜衣が達すると、同時に尊仁も最奥で吐精する。

もう一滴たりとも出そうにない。ぽたぽたと亜衣の頭や顔に汗が滴り落ちる。彼女もまた汗と体液にまみれていて、これでは風呂に入り直さなければ眠れないだろう。

どこまで自分は貪欲に彼女を欲しがるのかと苦笑が漏れた。

「ごめん、亜衣……重い？」

亜衣の上から退こうにも、さすがにあれだけ立て続けに吐精すれば、しばらくは動けない。腕の中で亜衣は小さく首を振る。

「大丈夫」

亜衣の声は掠れきっていて、可哀想になるほどだ。

「水、持ってくる」

そう言って上から身体をどかそうとすると、亜衣がそれを引き留めた。いいから、と背中に腕を回されて、尊仁の顔が亜衣の胸に埋まる。

「待って……もうちょっと、ぎゅうってしてて」

普段はしっかりしているのに、時折甘えたになる。それが可愛くて仕方がなく、翻弄(ほんろう)されてばかりだ。

尊仁は亜衣をそっと抱き上げて、ベッドへと運んだ。

想像の中にいた亜衣は、初恋を拗らせる尊仁の気持ちを満たしてくれていたが、温度はなく空しいばかりだった。本物とはまったく違う。

母が亡くなり、家族と呼べる人がいなくなって、その生活に慣れたと思っていたけれど、本当は寂しかったのかもしれない。

亜衣と直仁の温もりを知ると、知らなかった頃がひどく空虚に思えてくる。

「たくさん、家族を作ろうな」

軽い口づけを落としながら言うと、気持ち良さそうな顔をした亜衣がふわりと笑みを浮かべる。

尊仁は、すでに夢の中にいる亜衣の髪を撫でながら、細い身体を抱き寄せた。

彼女の腕が背中に回されて、その温もりに穏やかな眠気がやってくる。

明日は、久しぶりに一緒に料理でも作ろうか。

了

あとがき

本作をお手にとっていただき、ありがとうございました。本郷アキです。今回、ご縁をいただき、ルネッタブックス様で書き下ろし作品を刊行していただけることになりました。

私の作品をよく読んでくださる読者様はご存じかと思いますが、またも拗らせ系ヒーローです！　かっこよくて、頼りになって、隙のないヒーローももちろん好きなのですが、ちょっと残念で、好きな女の子の前でだけ情けなくなっちゃうヒーローが私は大好物でして、いつもノリノリで書いてしまいます。本作の尊仁は拗らせ系ＤＴですが、私の作品の中ではまだかっこいい方に入るのではないでしょうか。「尊仁、なにやってんの？　バカなの？」と憤りつつ、読者様にも楽しんでいただけたら嬉しいです。

そして十月末現在、唯奈先生の表紙ラフを見て「あぁぁ～好き！」となっているところです。まだ完成した表紙を見ていないので楽しみで！

最後になりますが、読者様を始め、担当様、本作品の出版に関わってくださったすべての皆様にお礼申し上げます。本当にありがとうございました。またどこかでお目にかかれますように。

本郷アキ

ルネッタⓁブックス

授かり婚ですが、旦那様に甘やかされてます

2021年12月25日　第1刷発行 定価はカバーに表示してあります

著　者　本郷アキ　©AKI HONGO 2021
発行人　鈴木幸辰
発行所　株式会社ハーパーコリンズ・ジャパン
東京都千代田区大手町 1-5-1
03-6269-2883（営業部）
0570-008091　（読者サービス係）
印刷・製本　中央精版印刷株式会社

Printed in Japan ©K.K.HarperCollins Japan 2021
ISBN978-4-596-31602-8